博物志
拾遗记

手绘图鉴

凤妩/编著　畅小米/绘

北方联合出版传媒（集团）股份有限公司
万卷出版有限责任公司

图书在版编目（CIP）数据

博物志 拾遗记 / 凤妩编著；畅小米绘. — 沈阳：
万卷出版有限责任公司，2024.2
ISBN 978-7-5470-6050-6

Ⅰ. ①博… Ⅱ. ①凤… ②畅… Ⅲ. ①笔记小说—小
说集—中国—晋代②《博物志》—通俗读物③《拾遗记》
—通俗读物 Ⅳ. ①I242.1

中国版本图书馆CIP数据核字（2022）第128280号

出 品 人：王维良
出版发行：北方联合出版传媒（集团）股份有限公司
　　　　　万卷出版有限责任公司
　　　　　（地址：沈阳市和平区十一纬路29号　邮编：110003）
印 刷 者：辽宁新华印务有限公司
经 销 者：全国新华书店
幅面尺寸：145mm×210mm
字　　数：180千字
印　　张：8
出版时间：2024年2月第1版
印刷时间：2024年2月第1次印刷
责任编辑：张洋洋　邢茜文
责任校对：张　莹
封面设计：琥珀视觉
装帧设计：姜　鹤
ISBN 978-7-5470-6050-6
定　　价：68.00元
联系电话：024-23284090
传　　真：024-23284448

序 言

　　魏晋时代博物知识发达，大量的博物类小说开始出现，《博物志》《拾遗记》就是其中的代表。

　　《博物志》是博物小说的集大成者，它对前代的博物知识进行了一次汇总整理，对后世博物小说有着重要影响。《博物志》的作者是西晋人张华。张华，字茂先，范阳方城（今河北固安）人。《晋书》说他少时贫寒，以牧羊为生，为同郡人卢钦为所器重，同乡人刘放深感其才，将女儿嫁给了他。张华学业优秀、博览群书，图纬方技之书尽在他的阅读范围内。张华藏书丰富，《晋书》记载他"雅爱书籍，身死之日，家无余财，惟有文史溢于机箧……天下奇秘，世所希有者，悉在华所。由是博物洽闻，世无与比"。正是由于喜欢搜集奇书异书，并有遍览图纬方技之书的爱好，张华才编写了《博物志》十篇，与他的文章并行于世。

　　《博物志》一书的体裁，历来存在争议，《隋书·经籍志》《宋史·艺文志》《通志·艺文略》都将它录为杂家类，《旧唐书·经籍志》《新唐书·艺文志》《郡斋读书志》将其录为小说家类，《直斋书录解题》中，小说家类和杂家类都将其录入，现代学者一般将其视为博物类小说、志怪小说。张华在《博物志》起笔小序中写道："余视《山海经》

及《禹贡》、《尔雅》、《说文》、地志，虽曰悉备，各有所不载者，作略说。"可见张华对于《博物志》，是以严肃的态度，用以作为上述书籍的补充，同时也构建出中国古代博物学体系。

《博物学》一书前三卷分别记录地理、动植物等内容，其地理内容多仿《山海经》；卷四以物理、药性为主；卷五以方术家言为主；卷六为人名、文集、地理、典礼、乐考、服饰、乐器、物名考证，内容驳杂；卷七为异闻志怪；卷八为史料补充，所涉人物众多，故事来源广泛；卷九、卷十巫史夹杂。整体上来看，《博物志》记载了众多异域、异人、异事、动植物等内容，不愧为博物之名。

关于《博物志》的成书一般有三种说法。

一种说法认为，《博物志》并非张华所作，而是后人拾掇佚文，杂取众多书籍而成。此说源于清人姚际恒，他认为"此书浅猥无足观，绝非华作；殷之所云，正以饰是书之陋耳。魏晋间人何尝有著书四百卷者？"此说说服力不足。从《博物志》一书的具体内容来看，其中虽有荒诞之处，但不可否认其中有大量真实准确的知识。比如卷一的地理类所介绍的战国列国地理情况，是较为符合事实的；卷六的各类考证是明显的考辨内容，而非奇闻逸事"浅猥无足观"的范畴；至于著书四百卷这一点，博文广洽、学业优博如张华者，著书四百卷或非难事。

还一种说法认为，《博物志》成书于元康时期，现代学者王媛利用各种典籍交错考证，认为《博物志》应为张华于西晋惠帝元康二年（292年）成书，其考证内容丰富，在此不做赘述。

最后一种说法，也是最为传统的说法，认为《博物志》成书于晋武帝时期，在晋武帝的要求下删减为十卷。此说来源于《拾遗记》卷九：

"（张华）好观秘异图纬之部，捃采天下遗逸，自书契之始，考验神怪及世间闾里所说，造《博物志》四百卷，奏于武帝。帝诏诘问：'卿才综万代，博识无伦，远冠羲皇，近次夫子，然记事采言，亦多浮妄，宜更删翦，无以冗长成文。昔仲尼删诗书，不及鬼神幽昧之事以言怪力乱神，今卿《博物志》，惊所未闻，异所未见，将恐惑乱于后生，繁芜于耳目，可更芟截浮疑，分为十卷。"

这一说学者范曾加以驳斥，因晋武帝曾于泰始三年（267年）下令，禁止谈论谶纬之学，张华所撰《博物志》明显违背了这一禁令。

《拾遗记》的作者王嘉为东晋人，籍贯和生卒年不详，南朝梁人萧绮在《拾遗记》序言中说："《拾遗记》者，晋陇西安阳人王嘉字子年所撰。"南朝梁人释慧皎《高僧传·释道安》附《王嘉传》中说："嘉字子年，洛阳人也。"这条文献中的洛阳或为安阳郡略阳的误写。由于史料有限，王嘉的生卒年具体时间难以考证，只能得知其主要活动在前秦和后秦时期。《晋书·王嘉传》称他：

"（嘉）轻举止，丑形貌，外若不足，而聪睿内明。滑稽好语笑，不食五谷，不衣美丽，清虚服气，不与世人交游。隐于东阳谷，凿崖穴居。"

王嘉著述不多，其所作的《牵三歌谶》失传，《王子年歌》散佚，现所传的《拾遗记》也是由萧绮搜集整理而成。萧绮在《拾遗记序》中写道："《拾遗记》凡十九卷，二百二十篇皆为残缺……今搜检残遗，合为一部，凡一十卷，序而录焉。"

和《博物志》一样，对于《拾遗记》一书的性质历来多有争议，传统目录学家将其视为史书，《隋志》、新旧《唐志》将其录入史部传记类，但一般研究小说的学者都将其放在志怪小说的范围讨论。从内容看，《拾遗记》上自春皇庖牺，下至晋代时事，按照时间顺序写就，俨然纪传体通史。在写法上，每卷内容以时间为序先写帝王事迹，再记名人逸事，在每篇传记之后，或有"赞"，或有"录"，这些都是典型的史家写法。从这个角度看，将其视为杂史是没有问题的。

同时，《拾遗记》也具有典型的地理博物类志怪小说的特点，在奇闻逸事、神话仙话外，也记载大量的动物植物、山川地理、远国异人，《拾遗记》第十卷以方位为依托，记载了昆仑、蓬莱、方丈、瀛洲、员峤、岱舆、昆吾、洞庭八座仙山，详细描绘了山中的奇异景物，是典型的博物志地理类结构，因此历代著录家将第十卷单独著录，即《拾遗名山记》《名山说》。

《拾遗记》内容丰富，集杂史、博物于一身，行文华丽，擅长铺陈夸饰，具有赋体的特征，享有很高的文学成就。《拾遗记》一书中关于圣人出生神话的描写，比如青虹绕其母而生庖牺、昌意遇黑龙而生颛顼、简狄吞燕卵而生商等神话内容，对后世影响深远。此外王嘉作为道教分支楼观道的大师，在作品中表现出了明显的道家思想，比如周穆王与西王母相会，西王母对燕昭王的指点，都是王嘉对于道家思想的宣传。

魏晋时期好清谈，也好玄言，《博物志》《拾遗记》中的故事是士人生活中用以娱乐消遣的谈资，文人炫其博览，《博物志》《拾遗记》这样的书籍应运而生，本书选取《博物志》《拾遗记》部分内容，以白话文形式呈现，供更广泛的读者阅读。需要注意的是，张华的《博物志》具有明显的"重文本、轻实践"倾向，许多内容都摘录自其他书籍，张华本人也未经实践，所记载的部分内容是不科学的，希望读者们正确看待，切勿模仿。《拾遗记》主要选取前七卷和第十卷《名山记》内容，前七卷注重故事性，第十卷注重博物性。笔者学识不足，在写作过程中难免错漏，希望各位读者不吝指正。

凤妩

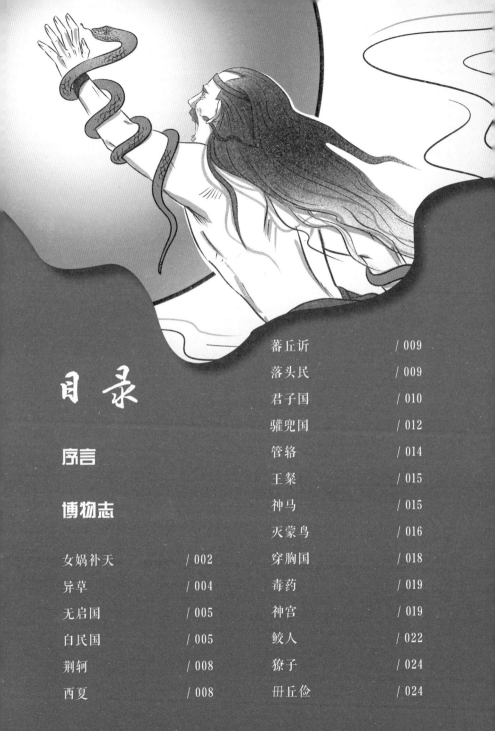

目 录

序言

博物志

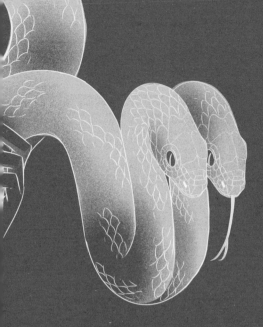

拾遗记

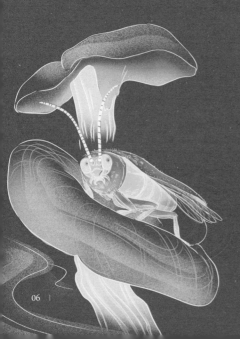

博物志

女娲补天

女娲炼石补天

上古时的天地并不是现在的样子。当初，天破了一个大洞，漫天火雨坠落，地上被烧成一片荒野，四野都是焦烟。这样严酷的环境，给初生的人类造成了很大的伤害。于是，人类的创造者女娲决定拯救这一切。

她到处寻找补天的材料，终于发现五彩石可以补上天的缺口。她花了很长的时间炼制五彩石，将它们缓缓托上天空，于是天恢复了完整。五色补天石也化作了天边的彩霞，为天空增加了颜色。

女娲觉得天还不够稳固，决定给天增加支撑。她找到了一头巨鳌，将鳌的四只脚斩下，当成柱子立在天的四方。

后来，共工氏和颛顼氏争夺帝位，共工一怒之下撞击不周山，一根天柱被他撞倒，天地瞬间失衡，不再稳定。从此以后，天往西北倾斜，日月星辰移向西北方；地的东南部分变得凹陷，江河湖水都往东南方倾泻而去。

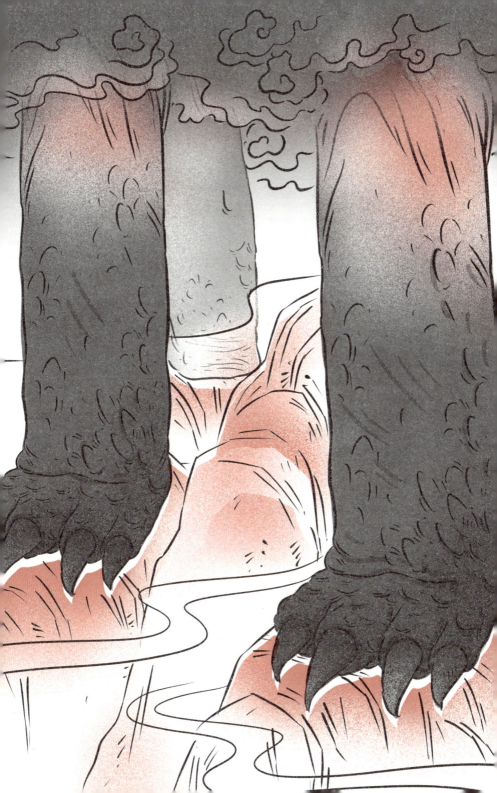

异草

草的神奇作用

太原、晋阳有的地方生长着一种屏风草。

在遥远的海上，生长着一种名字叫作"筛"的草，它的果实吃起来犹如大麦，七月的时候成熟，人们将它称作"自然谷"，也叫它"禹余粮"。

据说，这片海域叫作扶海洲，当年大禹治水，将他吃剩的粮食扔在了江水中，这些粮食变成了一种药，药名为"禹余粮"（《太平御览》）。

屈佚草，即是屈轶草。它生长在庭前，如果有奸佞小人入朝，它就会弯曲枝叶，指向那个人。因此，屈轶草也被叫作"指佞草"。

有一座山叫作右詹山，据说炎帝的女儿死后化为詹草。詹草枝叶浓密繁茂，果实为黄色，如同豆子。如果服用了詹草的果实，会讨人喜欢。

右詹山应该就是传说中的古䔄（yáo）山，也被称为姑媱（yáo）之山。据说，炎帝的女儿死后，化为䔄草，䔄草枝叶浓密，服用之后会让人招人喜爱（《山海经》）。

无启国

无启国民复生

　　无启国在长股国的东边，也被称作无继国。无启国国民以泥土作为食物，没有子女。他们死后，将他们埋在泥土中，他们的心就不会腐坏。百年之后，被埋葬的无启国民就会复活。细国和无启国很像，他们也居住在洞穴中，细国国民死后，他们的肝脏不会腐坏，百年之后他们也会重新复活。

白民国

白民国的坐骑

　　海外三十六国中，有一个国家叫作白民国，这里的人全身白发，披散着头发。白民国的人以一种名为"乘黄"的瑞兽作为坐骑，乘黄也被叫作飞黄，形貌如同狐狸，背上长角，乘坐它可以延寿三千岁。有一种说法认为，白民国是天神帝俊的后代。

　　当初帝俊生了帝鸿，帝鸿生了白民，白民国由此而来。白民国驱使四种兽类，分别是虎、豹、熊、罴。

荆轲

荆轲剑斩蛟龙

荆轲，战国时期卫国人，字次非。这天荆轲渡河，两条蛟龙夹住了他所在的船只，荆轲挥剑斩下了两条蛟龙的头，河上汹涌的波涛立即就平静了。

周日用说道："我曾经路过荆轲荆将军的墓地，他的墓地与燕国人羊角哀的墓地相邻，安伯施曾经说：'这里是荆轲将军讨伐左伯桃的地方。'如果安伯施说的是真的，这个地方应该就是苑陵的源头，有人在这里找寻到了荆轲将军的墓碑。"

西夏

古国治国方式

从前有一个西夏国（非宋时西夏国），这个国家不养兵士，不修建城墙，擅长武力的人也没有地位。后来唐国讨伐西夏，西夏国灭亡。

还有一个叫玄都的国家，这里的人崇信神鬼之事，废弃人间之事，有谋臣而不任用，以龟策蓍草的占卜结果来作为指导，忠臣没有官职俸禄，他们以神巫来治理国家。

蓍丘䜣

蓍丘䜣力战三龙

东阿王手下有一个勇士，名叫蓍丘䜣。蓍丘䜣路过神渊时，命人牵马去喝水，没想到马却沉入了神渊之中。于是，蓍丘䜣脱下朝服，拔出宝剑，跳入水中，在水中大战了两天一夜，杀死了两条蛟、一条龙才离开。蓍丘䜣刚一离开神渊，雷神紧跟过来，不停地用雷轰击他。这样轰击了七天七夜，蓍丘䜣的左眼受伤瞎掉了。

《韩诗外传》中将蓍丘䜣写为菑（zī）丘䜣，称他以勇猛闻名天下。《韩诗外传》也记载了蓍丘䜣路过神渊的故事，但细节与上文有所不同。据《韩诗外传》，蓍丘䜣路过神渊时，仆人曾经劝告道："马如果在这里饮水，就会沉入水中。"蓍丘䜣没有听从。马沉后，蓍丘䜣在神渊大战了三天三夜，杀死了三条蛟和一条龙。蓍丘䜣出来后，雷神连续攻击了他十天十夜，他也因此失去了左眼。

落头民

头颅离体飞行

南方有一个部族，叫作落头民，他们时常进行祭祀，祭祀仪式被称作"虫落"，于是"虫落"也成为他们的部族名。落头民的头能够飞行，耳朵承担了翅膀的功能。他们的头颅晚上飞走，天亮的时候飞回身体上。吴国有很多这样的人。

君子国

君子崇尚谦让

　　君子国的人，衣冠都很整齐端庄，他们腰间佩带宝剑，驱使两头老虎为己所用。这里的百姓都穿着野丝织成的衣裳，非常提倡礼让，以不争为荣。君子国方圆一千里，这里生长着熏华草。熏华草也被叫作舜华草、木槿之花，它早上盛开，傍晚凋落，生命短暂。

　　因为这个国家的人喜好谦让，很有君子之风，所以叫作君子国。

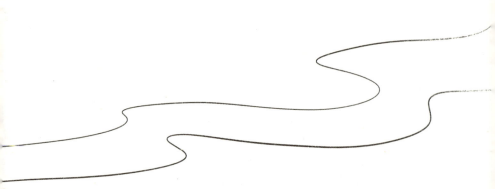

驩兜国

驩兜国的来历

　　驩（huān）兜国也被叫作讙（huān）朱国。驩兜是尧的臣子，做过司徒的官职，后来因为犯罪投海自尽。尧怜悯他，让他的儿子搬迁到南海居住，便于祭祀他。驩兜留存下来的画像，看着如同仙人一般，驩兜国的国民和他一样，也都是仙人之姿。

　　驩兜国的百姓时常在海上捕鱼，他们长着人的面孔、鸟的嘴巴。驩兜国离南国有一万六千里之遥。

　　还有一种说法认为，驩兜违背尧的命令，自作主张任命共工为工师，后来共工犯了错误连累驩兜，驩兜因此被流放到了崇山。

管辂

平原郡有一个名叫管辂（lù）的人，擅长占卜预测，通晓鸟类的语言。《三国志·魏书》记载了他的事迹：

这天，管辂前往郭恩家，看到一只鸠鸟在房梁上飞行，发出阵阵哀鸣。管辂对郭恩说道："会有一个老人家从东方过来，还带着一头猪、一壶酒。你作为主人虽然欢喜，但恐怕会发生一些小事故。"

第二天，果然有一位客人从东方过来，拿的东西与管辂说的一模一样。郭恩担心发生事故，叮嘱客人喝酒要节制，不要食用肉类，谨防火灾。说完郭恩就去射鸡作为食物，没想到射出的箭从树丛中穿了出去，射在了一个女子的手上，血流如注。

管辂前往安德县县令刘长仁家中，听到有鹊鸟在屋子周围鸣叫，声音非常急促。管辂说道："这只鹊鸟说，在东北方向有一个妇人，昨天杀死了自己的丈夫，还将事情牵扯到西边邻居身上，最迟傍晚时分，控告的人就要来了。"到了太阳快落山的时候，果然一群村民从东北方向过来，他们控告妇人杀害丈夫，谎称西边的邻居和丈夫有矛盾，将罪行嫁祸于邻居。

王粲

王粲有才无貌

大学者蔡邕有万卷藏书，汉朝末年他将这些书装载了数车，赠送给王粲。王粲死后，相国属吏魏讽谋反，王粲的儿子也参与其中，两人都被诛杀。王粲儿子死后，蔡邕赠送给王粲的书就到了王粲族子王业手中。王业，字长绪，是王宏的父亲，王宏又是名士王弼的兄长。

当初王粲和族兄王凯前往荆州避难，依附于刘表。刘表有一个女儿未嫁，刘表十分欣赏王粲的才华，想将女儿嫁给他，但是又嫌弃王粲的外形太过丑陋，就对王粲说道："你才华过人，但是外形实在是太草率了，不适合当我的女婿。"王凯长得一表人才，刘表就将女儿嫁给了他，之后生下了王业。

神马

吉黄马食虎豹

大宛国有一种马，是天马的一种，名为汗血宝马。汉朝、曹魏的时候，常有人将它们作为贡品进献。

有一种花纹马，它长着红色的鬃毛，身体洁白，眼睛如同黄金，名为吉黄马，是传说中的露犬。吉黄也叫作吉良、吉光，它以虎豹为食物。

灭蒙鸟

奇肱国造飞车

有一个国家叫作结胸国，这个国家的人都患有鸡胸，所以这样称呼他们。在结胸国的北边有一种鸟，名叫灭蒙鸟，灭蒙鸟身体是青色的，有着红色的尾巴。结胸国的旁边有一个国家叫作奇肱国，这个国家的人更加奇特，他们只有一条手臂，却有三只眼睛。他们国家的百姓有男有女，以文马作为坐骑。在马的旁边有两只赤黄色的小鸟跟随。

奇肱国的人擅长机关巧物，他们可以用机关捕获天上的飞禽，还能制造出可以御风而行的飞车。据说商汤时候，西边有风刮来，将奇肱国的飞车吹到了豫州地界。商汤破坏了他们的飞车，不想让商地的老百姓看到。

十年后，刮起了东风，滞留在豫州的奇肱国国民新制作了一辆飞车，借着东风飞回了故乡。奇肱国离玉门关有四万里之远。

穿胸国

穿胸国的来历

穿胸国也叫贯胸国,这个国家的人胸口上有一个直达后背的洞。

当年大禹平定天下,召集各路诸侯在会稽的郊外集会。防风氏不知道因为什么原因迟到了,大禹便杀了他。防风氏死后,他的骨节装载了满满一车,可见其高大。春秋时期,吴国攻打越国,在会稽得到了一副巨大的人骨,没有人能认出人骨的来历。吴国派使者前去询问孔子,孔子告知了他们防风氏骨节装满一车的故事。

大禹德行丰沛,两条神龙降临到了他的身边。大禹命令范成光驾驭神龙,前往境外。大禹周游了境外一圈,回到了南海,在经过防风氏领地的时候,防风氏的两个臣子思及君主在会稽被杀的仇恨,决定刺杀大禹替君主报仇。

两个臣子一见到大禹就勃然大怒,拿出弓箭射向大禹。忽然之间,狂风大作,电闪雷鸣,两条龙飞升离去。两人看到这样的异象,非常恐慌,便用刀刺穿了自己的心脏,自杀身亡。

大禹怜悯二人,将他们胸口的刺刀拔了出来,拿出不死草为二人治疗。二人由此复活,这就是穿胸国的来历。

有一种说法认为,防风氏是汪芒氏国君的名字。孔子曾经说过:"汪芒氏的国君,驻守在封、嵎之山,姓漆。在上古时代,他们被称作汪芒氏,在周代被称作长狄,在当今被称作大人。"长狄族有一个猛士名叫乔如,他躺下来能占地九亩,身高五丈四尺,也有人认为他们身高十丈。

毒药

六种剧毒生物

《神农经》中记载：有一种剧毒之物，不可以入眼耳口鼻，如果不幸吸入，就会被毒杀。这种毒物的名叫钩吻。

对于毒物，注解《博物志》的卢氏说道："钩吻是第一种剧毒之物，它是太阴之草，黄精是太阳之草，二者之间没有任何相连之处，根系、枝苗都是独立生长。第二种毒物，名字叫作'鸱'，外形如同雄鸡，生活在山中。第三种毒物叫作'阴命'，它是红色的生物，附着在木头之上，它将自己的果实悬挂在山海中。第四种毒物叫作'内童'，形状如同鹅，生活在海中。第五种毒物叫作'鸩'，外形如同雀鸟，头部黑色，喙为红色。第六种毒物叫作'螭蜥（jiǎo xī）'，也生活在海中，雄的叫作'蜥'，雌的叫作'螭'。"

神宫

神宫中的不死泉

传说中神灵们都住在神宫之中，神宫位于高石沼之中，那有许多麒麟这样的瑞兽。在神宫，灵芝是神草。神宫还有甘甜的泉水，如果饮用了神宫的泉水，会陷入沉睡，三百年后才会苏醒，泉水能让人长生不死。

鲛人

鲛人泣泪成珠

　　南海外有鲛人，他们像鱼一样生活在水中，以纺织为生。有些鲛人会寄宿在别人家中，以卖绡为生。鲛人临走之前，会向主人讨要一样盛具，对着它哭泣。鲛人流出的泪水会化作珍珠，他们将这些珍珠当作礼物赠送给主人。

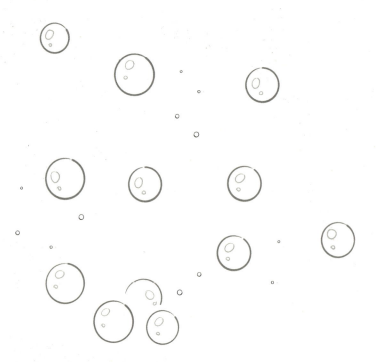

獠子

婴儿入水不沉

荆州西南边界到蜀国地界的人，被称作"獠子"，这里的女人怀孕七个月就会生下孩子。她们会在水边生产，生产后就将孩子放置在水中。如果婴孩浮在水中，她们会养育他们；如果婴孩沉入水中，她们则置之不理。大多数时候，婴孩都会浮在水面。

孩子们稍微长大一点儿，按照他们的习俗，会拔掉孩子的门牙、齿牙各一颗，将它们当作饰品随身佩戴。

毌丘俭

小岛恐怖风俗

毌（guàn）丘俭是魏国的将军，他曾经派遣太守王颀带兵追寻高句丽的王室，他一路追到了沃沮东部的尽头。王颀询问当地的老人，在海上有没有见过其他人。

老人回答道："曾经有人乘着渔船过来捕鱼，没想到遇到了大风，大风一吹就是数十日，将渔船吹行到了东边的一座岛上，岛上有人居住，但是语言互不相通。这个岛有一个恐怖的风俗，他们会在七夕这一天，将童男童女沉入海中。"

女儿国

神秘的女儿国

海中有一个国家，只有女人没有男人。有人曾看到一件布衣从海中浮出，看上去是中国人的衣服式样，但是袖子有二丈长。听说有一艘破船，会随着潮水出现在海岸边，船中有一个人的脖子上有一张面孔。曾有人活捉了这个怪人，但是听不懂他所说的语言，最后这个怪人绝食而亡。这些奇异的地方，据说都在沃沮东部的海中。

物性

动植物的习性

《周官》上记载："狢这种动物不会渡过汶水，鸲（qú）鸟这种鸟儿不会飞过济水。"鲁国本来是没有鹳鹆（yù）的，有一天却发现了鹳鹆在鲁国搭建鸟巢，史官们将这件事情记录了下来，认为鹳鸟出现在了不该出现的地方，是灾异的象征。

橘树如果栽种在长江以北，就会变成枳，枳味道酸涩，不能入口。现在的江东地区，有不少的枳橘树。

飞虫

飞虫以尸为食

魏明帝景初年间，苍梧的官吏来到京城，讲述了一些奇异的事情：

在广州西南与交州郡交接的几个郡，比如桂林、晋兴、宁浦这一带，人在快要病死的时候，会有麦粒大小的飞虫飞到房屋之上，这些飞虫都是带甲的。

等这人气绝身亡，飞虫会一拥而上地吸食死者，即便是反复扑杀都没有用。每次扑杀大量的飞虫，就会有更多的飞虫赶来，如风雨一样连绵不断，找不到消灭它们的办法。

直到死者的尸体被飞虫食用干净，只剩下一副骨头，这时飞虫才会离开。那些贫困的人家，没有合适的布匹缠裹尸身，有时候入棺稍微不够及时，都会受到飞虫的困扰。那些有钱的人家，则会用五六层衣服将尸体层层包裹起来，以免被害。

这种飞虫很厌恶梓木的气息，如果将尸体放置在梓木间，或是用梓木作为棺木，飞虫便不敢接近死者。

进入交州地界，这些飞虫几乎绝迹。离这片地区近的地方也有飞虫之害，但是数量不多。

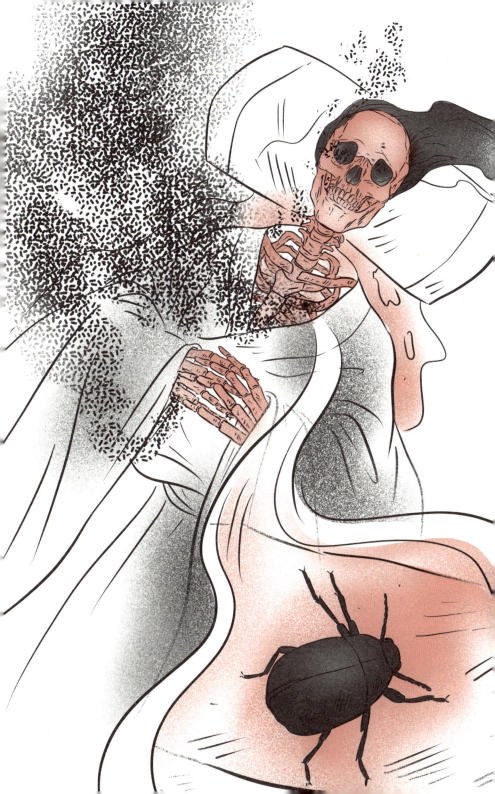

猛兽

猛兽震慑老虎

汉武帝时，大宛国北边的胡人进献了一种动物，这种动物和狗一般大小，但是声音很让人震惊，鸡犬之类的牲畜听到了它的声音，都会吓得四散奔跑，于是大家将它称为"猛兽"。

汉武帝见了猛兽后，不满意它身材细小。到了上林苑，汉武帝命人放出了猛兽，准备让虎狼吃掉它。老虎见到猛兽后，将头低到了地面。汉武帝还以为，这是老虎准备攻击猛兽，正低下头蓄势待发。

没想到，这猛兽见到了老虎，表现出一副欢喜的样子。它舔着嘴唇，摇着尾巴，直接跳到了老虎头上，还对着老虎的头撒了一泡尿。老虎受此挑衅却不为所动，仍然闭着眼睛，低垂着头颅，匍匐在地不敢动弹。

猛兽尿完后，沿着虎鼻跳了下去。下地之后，老虎的尾巴也垂了下去，老虎睁开眼睛悄悄打量猛兽。猛兽一回头，老虎赶紧将眼睛闭上。

韩娥

歌声绕梁三日

　　薛谭向秦青学习唱歌，还没有完全学会秦青的技法，就准备告辞。秦青在郊外的大道上为薛谭饯行，他拍打着节拍放声悲歌，声音让林木为之震动，让飘行的云朵为之停留。薛谭认识到了自己的不足，请求秦青让他继续跟随学习，终身不敢再提回家的事。

　　秦青对自己的朋友说道："从前有一个叫作韩娥的人，她东去齐国，因为没有粮食，在路过雍门时，她就通过唱歌来换取食物，她的歌声绕着房梁回响，三天不曾断绝，附近的人都认为她还没有离开。韩娥路过旅店，店中有人侮辱她，韩娥拉长声调哭泣，周围的人无论老幼都感到悲愁，垂泪不止，三日都不想吃东西。韩娥回来后，长歌一曲，周围的男女老少都欢欣鼓舞，不能自已。这些人见到了韩娥的本领，便赠送给了她丰厚的礼物供她上路。至今，齐国雍门一带的人都很擅长歌唱和悲哭，这都是效仿韩娥曾经在这里留下的声音。"

赵襄子

高人入火不伤

　　赵襄子率领十万人在中山国狩猎，地上的杂草被践踏，树林也被火点燃，数百里都是火势。有一个人从石壁中走了出来，随着烟火上上下下，但是火完全不能伤害到他。赵襄子一开始以为这是一个物体，仔细一看，发现这竟然是一个人。

　　赵襄子询问这人是使用了什么道术，可以让他栖身于石壁，还能入火不伤。这人回答道："什么是火？我并不知道。"

　　魏文侯听说了这件事，问子夏："这个奇人是什么人？"子夏说道："我从我的老师孔夫子那里听说过，有些人达到了物我相融的境界，外物不能伤害到他们，他们可以从容地游走于金石之内，行走于水火之中。"

　　魏文侯问道："你为什么不做这样的事情呢？"子夏回答道："我不能达到剔除思虑、摒弃机心这样的境界，所以做不到这样的事情。即便如此，这些道理我还是可以谈论的。"魏文侯又问道："孔夫子也不能达到这样的境界吗？"子夏回答道："夫子有这样的能耐，但是夫子不会这样做。"

　　魏文侯听了子夏的回答后很不悦（一作大悦）。

神牛

神牛肌肉再生

九真郡有一种神牛，生活在溪水旁边。每当黑色的神牛出来争斗，海水就会沸腾；每当黄色的神牛出来争斗，岸上家养的牛群就会感到害怕。有人试图捕获神牛，神牛会发出霹雳声。当地人就将这两种牛称为神牛。

越巂（xī）郡有一种牛，稍微割取它们身上的肉，它们并不会死亡，一段时间之后，割掉的肉就会长出来。

异香

香料治疗疫病

汉武帝时期，弱水西边的国家有使者乘着毛车渡过弱水，前来长安献香。汉武帝认为，他们进献的香普通寻常，汉朝并不缺少，因此没有礼遇当地使者。

使者在长安滞留了很久。这天，汉武帝在上林苑游玩，使者请求觐见。使者见了汉武帝后，拿出带来的香料进行展示，这些香料大的有燕子蛋大小，形状类似枣子，共有三枚。

汉武帝大失所望，将三枚香料放置于库房之中。后来，长安发生了严重的疫情，宫内也感染了疫病，汉武帝也不再举办宴会。这时使者再次求见汉武帝，请求燃烧自己带来的贡香，驱除疫气。汉武帝心想，这也是无可奈何之举，就答应了。没想到，香料点燃后，宫内感染疫情的人很快就恢复了健康。

香味蔓延开来，一百里范围内都能闻到这股香味。九十多天后，这股芳香才消散。于是，汉武帝赏赐给了使者丰厚的礼物，为他饯行。

使者献香的故事还有另一个版本，据说使者敬献的香料，没有被接受。使者离开长安前，打开了香料盒子，露出了里面豆大的香料。使者将香料轻轻地在宫门上擦拭，香气顿时充斥了数十里，数日后才消散。

神山

海外三座仙山

《史记·封禅书》中有这样一条记载：齐国的齐威王、齐宣王，燕国的燕昭王曾经派人乘船入海，寻找仙人。据说在海外，有三座仙山，分别是蓬莱、方丈、瀛洲，仙人们就居住在仙山之上。这些国君之所以派人寻仙，是为了从仙人那里得到传说中的仙药，据说仙药能让人强身健体，长生不死。

曾有有缘人到达过仙山，据他们所说，仙山上的鸟兽毛发都是白色的，宫阙都是金银铸造而成的，仙山飘荡在渤海之中，离人间并不遥远。

员丘山也是一座神山，山上有着凡间人梦寐以求的不死树。如果食用了不死树的果实，就可以延年益寿。山上有一个泉水叫作赤泉，饮用之后人就不会衰老。山上有很多大蛇，会祸害人，所以那里并不能居住。

猴獿

猴獿掳女生子

蜀地南边的高山上，有一种和猕猴长得很像的动物，它身长七尺，像人一样直立行走，还很擅长走路，名为猴獿（jué），也被叫作马化、猳（jiā）獿。如果有长得好看的妇人路过，猴獿就会将她们掳走，从此不知去向。

人们如果要经行这一段路，都会用绳子互相牵着，却还是防不住猴獿。猴獿能辨别出男女气味的不同，它只掳走女子，不盗取男人。猴獿将女子掳走后，将她们作为自己的妻子，很多年轻女子终生都不能返回家乡。

那些被掳走的女子，和猴獿生活了十年后，外形面貌会与猴獿越来越像，她们的心智也被污染迷惑，不再想着回家。如果有女子生下了孩子，猴獿就会将母子一起送回女子家中，女子生下的孩子都同正常人一样。

如果有女子不想抚养和猴獿生下的孩子，女子就会死去，因此没有女子敢弃养这些孩子。这些孩子长大后和普通人没有什么区别，他们都以杨为姓。现在蜀地中部和西部地区，还有传言：杨姓人家都是猳獿、马化的子孙，这些人的手就像是猴獿的手爪模样。

夔

夔兽声如震雷

小山中有一种怪兽，它形状如同鼓，只有一只脚，如同夔一样。传说中，夔出入的时候必定伴随着风雨，它的眼睛同日月一样明亮，声音如同雷一样震撼。黄帝曾捕获了一只夔，将夔制作成了鼓。

异鱼

鱼片复活为鱼

南海有一种恶鱼，形状如同大鼍（tuó）。即便斩下它的头颅晒干，拔掉它的牙齿，它依然会复活。这样复活三次后，才会彻底死亡。

东海有一种半体鱼，形状像牛一样，也被叫作牛鱼。如果剥掉鱼皮，将鱼皮倒悬，涨潮的时候鱼皮上的毛会竖立，退潮的时候鱼皮上的毛则会俯下。

东海还有一种鱼，叫作鲛错鱼。刚出生的小鲛错鱼会留在母鱼身边，小鱼如果受到惊吓，会立即藏入母鱼的肠子中，过一会儿会再次游出。据说小鱼是从母鱼嘴潜入腹中的。

据说吴王曾经在江上泛舟，他将吃剩的鱼片扔到江中，这些鱼片都变化成了鱼。现在有一种叫作"吴王鲙余"的鱼，身长数寸，大的有筷子长短，鱼身上还有被切片的痕迹。

这个无意中创造了一种鱼类的吴王，有人说是先秦吴国的吴王阖闾（《搜神记》），有人说是三国时期的吴王孙权（《太平广记》）。

还有一种传说：当初越王在会稽正准备吃鱼脍时，听说附近有吴国士兵，吓得赶紧将鱼片丢入江中。这些鱼片在江中变成了鱼，因为还保留着作为鱼脍时的痕迹，被叫作脍残，也被叫作王余鱼（《事物纪原》）。

广陵太守陈登因为食用鱼脍得了病，神医华佗开药助他排泄，发现他所食用的鱼脍头都变成了虫，而鱼尾部还是鱼的样子。

　　东海有一种东西，形状如同凝结的血块，长宽数尺，这些血块有的是方形，有的是圆形，名字叫作鲊（zhǎ）鱼。它没有头，没有眼睛，也没有内脏。一大群虾依附在它身上，随它四处漂行。人们将鲊鱼煮熟后食用。

异蛇

怪蛇的预示

　　水泽中有一种蛇，名叫委蛇（yí），形状如同车毂，和车辕一样长，如果有人见到了它，那么就会称霸天下。委蛇也叫作延维，是一位人首蛇身的神明，身长如同车辕，左右各有一颗头颅，总是穿着紫色的衣裳，戴着红色的帽子。它很厌恶雷车的声音，如果听到了雷车的声音，就会捧着头站在路边不动。如果有人看到了它，就可以称霸。

　　有一种蛇叫作蝮蛇，秋天的时候它的蛇毒最为厉害。没有动物供它蜇咬的时候，它会咬啮一些草木来发散自己的毒气，被它咬过的草木当即就会死亡。如果有人砍柴的时候，不小心被蝮蛇咬过的草木刺伤，也会被毒杀。草木中的蛇毒，甚至比被蝮蛇直接咬的蛇毒还要严重，当地人称草木伤人的现象为"蛇迹"。

　　华山有一种蛇名叫肥遗，它有六只脚，长着翅膀。如果肥遗出现，说明天下马上会面临旱灾。

　　常山有一种蛇名叫率然，它有两颗头，如果触摸其中一颗头，另一颗头会自动凑过来；如果触摸蛇的身子，则两颗头会一起凑过来。古代的"兵圣"孙武用"率然"来比喻那些擅长用兵的人。

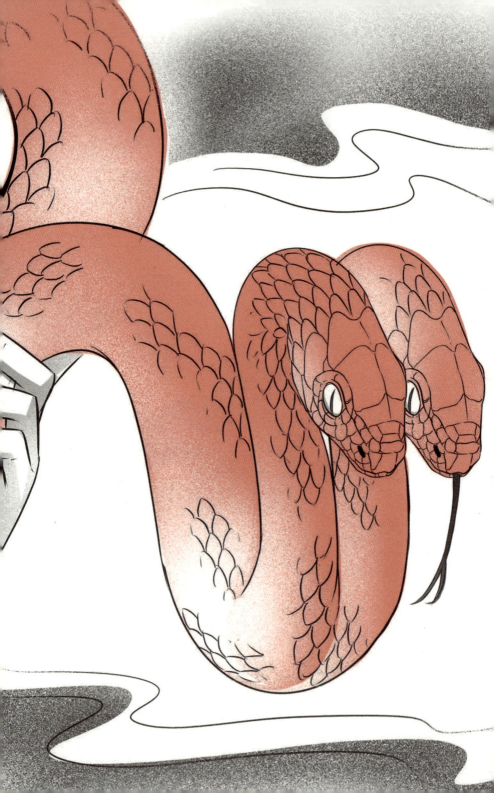

冶鸟

冶鸟变化成人

越国地区的深山之中有一种长得像鸠鸟的鸟，它身体是青色的，名字叫作冶鸟，有的记载中也将其叫作治鸟。冶鸟在大树的缝隙中筑起很大的巢穴，巢穴出口的直径有数寸，周围用土围着，看上去有红色、白色，如同箭靶一般。

伐木的人如果看到了这样的树，需要赶紧避开。有时候天色昏暗，人看不见冶鸟，冶鸟也知道人看不见它。如果冶鸟大声叫道："咄、咄，上去！"伐树的人就知道明天得赶快上树伐木。如果冶鸟大声叫道："咄、咄，下去！"伐树的人就知道明天应该下树伐木。如果冶鸟只是谈笑，而不叫人离开的话，就应该立即停止砍伐。

如果有污秽的东西污染了它的领地，或者没有遵从它的指令，就会有老虎来通宵看守此处，人们如果不知道这些规矩的话，有可能会受到伤害。

冶鸟白天是鸟的样子，晚上如果只听它的声音，会觉得它其实是人。冶鸟高兴的时候也会像人一样做出欢快的样子。冶鸟身长三尺，常在山涧中捕捉螃蟹，用火炙烤，这时候千万不能打扰它。

越国地区的人们，认为它是越国巫祝的祖先。

止些山

孟亏驯养百兽

止些山生长着很多竹子，这些竹子有千仞之高，凤凰会食用竹子的果实。止些山离九疑山大概有一万八千里的距离。

止些山很可能指的是丹山。有一个叫作孟亏的神人，人首鸟身，是有虞氏的后代，擅长驯养百兽。夏后的时代，孟亏离开了家乡，凤凰与他同行。孟亏与凤凰一起停歇在了丹山，丹山上有很多竹子，这些竹子有千仞高，凤凰以竹子的果实为食物，孟亏以其他树木的果实为食物。丹山离九疑山有一万八千里（《括地图》）。

山鸡

山鸡自恋致死

鸐（dí）雉的别名叫作山鸡，它的尾巴很长。山鸡非常爱护自己的尾巴，常栖息在高高的树梢上。下雪的时候，山鸡害怕自己的尾巴受到损害，不肯离开树梢去寻找食物，有很多山鸡因为这个缘故饿死。魏明帝景初年间，民间就有这种传闻。

山鸡的皮毛很漂亮，它很喜爱自己的皮毛，整天对着水照映自己的外貌，为自己的美貌目眩神迷，有时候会溺水而亡。

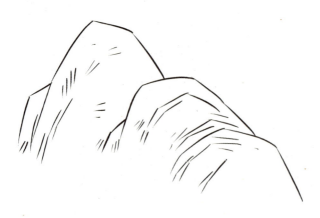

精卫

精卫填海

　　有一种鸟，长得如同乌鸦一般，脑袋上有花纹，喙是白色的，爪子是红色的，名字叫作精卫。精卫总是去衔西山的树枝和石头，想把东海填平。

　　精卫是炎帝的女儿，名字叫作女娃。这天女娃在东海游玩，不幸溺水而亡，变成了精卫鸟。它想用树枝和石头，填平害她失去了性命的东海。这就是精卫填海的故事。

琥珀

琥珀制作方法

《神仙传》中有这样的记载："将松柏树脂埋入地下一千年，树脂就会化为茯苓，茯苓又会演变成琥珀。"

琥珀也被写作虎珀、虎魄，也被叫作江珠。如今泰山一带出产茯苓却没有琥珀；益州永昌一带出产琥珀，却没有茯苓。

有一种说法认为，琥珀是蜂巢烧制而成的。这两种制造琥珀的方法，不知道哪一个是正确的。

《神农本草》中记载：鸡蛋可以制作成琥珀，首先要找到蛋白蛋黄混合在一起的鸡蛋，将其和茯苓放在一起煮。趁着鸡蛋还软的时候，将鸡蛋雕琢成想要的样子，再用醋浸泡。几天后，鸡蛋就会变得坚硬，再将鸡蛋放入粉中着粉，这样制作出来的上品鸡蛋，几乎可以以假乱真，冒充琥珀。这种方式是世代都用的，一定能制作成功。

蜥蜴

蜥蜴别名守宫

蜥蜴也被叫作蝘蜓（yǎn tíng）。将蜥蜴放在容器中饲养，用朱砂来喂养，它的身体就会变成赤红色。等蜥蜴长到七斤后，将蜥蜴捣碎，将捣碎的蜥蜴点抹在女人的皮肤上，这点红色许多年都不会消失，如果男女同房，红点就会消失。因此，蜥蜴也被叫作"守宫"。据说，东方朔曾经将这个方法告诉了汉武帝，试验之后果然有效。

龙肉

龙肉散发光芒

将龙肉浸泡在醋中，龙肉上就会出现缤纷的色彩。

据说，陆机曾经参加一场宴会，当时宾客满堂，盛具中的肉散发出了光芒，陆机说道："这是龙肉。"当时席上的其他人并不相信，陆机又说道："可以用醋浇淋这种肉，一定会有异样发生。"人们按照陆机的话做，有五色的光芒从肉上散发出来。陆机问宴会主人龙肉从何而来，主人答道："园子里有一条白鱼，看起来很不一样，我将它做成了鱼鲊，味道极为鲜美，因此邀请你们过来品尝。"（《晋书·张华传》）

陈葵子

陈年的葵菜子，用小火炒至爆裂，然后将其播种在常年耕种的土地中，用脚将泥土压实。早上种下的葵菜子，晚上就会生长发芽，最慢的也只需要一夜时间。

秋天，将陈年的葵菜子种下，用泥土盖好。如果经过一个冬天，葵菜子都没有死去的话，春天的时候就会结出果实。

注解《博物志》的周日用曾经说过："我听闻，在常年耕种的土地上种植生菜兰，捣碎一些石流黄撒在土地上，再用盆子将这一片区域覆盖起来，很快就能看到成果。如果想让白色的牡丹变为五色牡丹的话，首先要保证牡丹的根须肥沃。用紫色的汁液浇灌，牡丹就会变成紫色；用红色的汁液浇灌的话，牡丹就会变成红色。我并没有试验过这种方法，这些都是《尔雅》中记载的。"

方士

魏武帝曹操喜好养生的方法，到处求取养生药，因此将全国的方士招揽聚集在一起，像左慈、华佗这样有名望的贤人都会聚到了他的门下。

周日用评价魏武帝的行为时说道："曹操虽然好奇方术，但是他的内心并不向道，这样怎么可能真正招揽到方士呢？曹操曾囚禁左慈，想要杀害他，如果不是左慈会变化的法术，就已经死去了。所以，真正的有道之士，并不会亲近他。如果想要学会真正的方术，怎么可以做出这样的行为？"

魏武帝招揽了许多的方士，按照魏文帝、东阿王、仲长统所说，这些方士都能辟谷不食，会化出分身，还会隐形，出入都不从大门里经过。左慈会变化形体，让人产生幻觉，还会消除灾邪、镇压鬼魅。《周礼》将这些方士称为"怪民"，《王制》将这些人称为"左道"。

麒麟

孔子获麟绝笔

《春秋》记载，在鲁哀公十四年（前481年）的时候，鲁国在西边狩猎时获得了一只麒麟。《公羊传》里记载，有人将这件事情告诉了孔子，孔子感慨道："麒麟啊，你是为谁而来！为谁而来！"

《左传》记载，叔孙氏的车夫钼（chú）商猎到了麒麟，当时人认为这是不祥之兆。

西晋学者杜预认为，麒麟代表仁德，当天下出现了贤明的圣王时，麒麟才会出现。孔子感慨周王朝的衰败，认为麒麟来得不是时候，所以《春秋》将西狩获麟作为绝笔。

模仿龟蛇

模仿龟蛇得救

有人不小心掉进了深涧之中，找不到出去的路，饥饿交加濒临死亡。他看到附近有许多龟蛇，这些龟蛇从早到晚都伸着脖子朝向东方，这人灵机一动，趴在地上学习龟蛇的样子。就这样，他再感觉不到饥饿了，身体也变得轻盈敏捷，能攀登山崖。

就这样过了好些年，这人纵身一跃，跃起的高度超过了山崖的高度，顺利返回家中。他容光焕发，人也变得比以前聪慧。他再次吃回谷物，享用人间百般滋味，百来天后他又变得和从前一样了。

比翼鸟

成双成对的蛮蛮

崇丘山上有一种鸟，只有一只脚、一只翅膀、一只眼睛，所以要两只鸟合在一起才能飞起来。这种鸟的名字叫作蛮蛮。

在参嵎山，有一种鸟叫作比翼鸟。比翼鸟总是成双成对，一只是青色的，一只是红色的。比翼鸟就是蛮蛮，也被叫作鹣（jiān）鹣鸟。

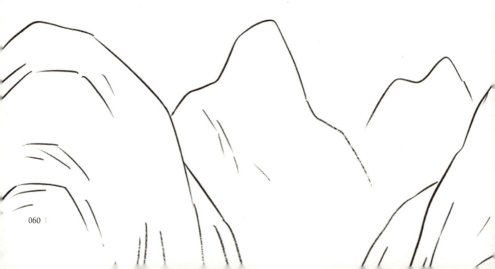

焦生

魏明帝时期，河东有一个人叫作焦生，他赤身裸体进入火中不会被烧伤，进入冰水中不会被冻坏。当时杜恕担任河东太守，亲眼见到了焦生的神异，这些都是真实的事情。

焦生就是焦先，字孝然，是一位得道的隐士。周日用说道："焦先居住在河边的草庵之中，当时天降大雪，草庵被雪压倒，人们都以为焦先肯定被压死了。人们走近一看，发现他正在雪地里呼吸，脸上没有任何异色。焦先有时候会将自己砍的柴赠送给别人，《魏书》上说，像他这样的人，从伏羲以来只此一个。"

齐景公

景公梦遇前贤

齐景公讨伐宋国，行经泰山，梦到两个人正在发怒。齐景公认为梦中的老人是姜太公的神灵，晏子认为这两个人是宋国的祖先商汤和伊尹。

晏子向齐景公描述了两人的样貌：商汤皮肤白皙，毛发茂盛；伊尹肤色偏黑，身材矮小。晏子所形容的样貌，正是齐景公梦中见到的两人的样貌。

晏子劝齐景公放弃攻打宋国，景公不听，继续对宋国出兵。这时齐国军队的军鼓损坏了，齐景公才感到害怕，解散了攻打宋国的军队。

郤俭

郤俭辟谷不食

魏文帝曹丕的《典论》中记载了这些内容：

陈思王曹植的《辩道论》里记载，世间的方士都被父亲召集在一起，比如甘陵的甘始，庐江的左慈，阳城的郤（xì）俭。甘始擅长导引，郤俭擅长辟谷，他们都说自己有三百岁。

魏武帝、太子以及其他兄弟都不太相信他们的话，认为这些方士是在开玩笑。但是他们亲自看到了郤俭辟谷一百天，这期间他们与郤俭朝夕相处，郤俭也做不得假。郤俭不吃不喝，若无其事，生活起居都很正常。一般来说，人如果七天不吃东西就会死亡，而郤俭却不是这样。左慈修炼房中术，能够尽享天年，但是如果不是至情的人，是修炼不成的。

四方方士都聚集在了一起，魏武帝就让郤俭负责统领这些人。

雾行

三人雾行结局

王尔（一作王肃）、张衡、马均三人行路于浓雾之中，后来三人之中一人安然无恙，一人生了疾病，一人身亡。有人询问那个安然无恙的："为什么三人结局不同？"这人回答道："我们三个人，我喝了酒，生病的人吃了饭，死去的那个人空腹。"

甘始

　　魏国时各地都有代表性的方士，甘陵有甘始，庐江有左慈，阳城有郄俭。甘始擅长行气导引的养生术，左慈通晓还精补脑的房中术，郄俭擅长辟谷不食的修炼术。像他们这样的异人，都被魏武帝召集在一起，不允许他们游散在各地。甘始虽然年纪很大，但是样貌还是少年的样子。曹植曾经偷偷请教过甘始的道行和来历，甘始说自己的师傅姓韩，字世雄，他曾与师傅一起在南海炼丹，将数以万计的丹药投入了海中。

　　甘始拿出了两条鱼，在其中一条鱼身上涂抹了秘药，然后将两条鱼放入沸腾的油锅之中。身上涂抹了秘药的鱼在滚油中游来游去，没有丝毫不适，而另外一条鱼已经熟得快能吃了。甘始提起了秘药的来历，称药的产地离魏国有一万多里，如果不是甘始亲自前往，是无法取得药物的。

黄精

黄精延年益寿

　　黄帝曾经问过天老一个问题："天生地长的食物，有吃了之后可以让人不死的吗？"天老回答道："太阳之草，名字叫作黄精，如果食用了它，就可以长生；对应的有一种太阴之草，名字叫作钩吻，钩吻不能食用，一入口立刻就会死亡。人们都相信钩吻会害死人，怎么就不信黄精能让人长寿呢？这真是让人迷惑。"

　　周日用评价道："草能杀人，而不能帮助人长寿。如果草杀人的说法没有验证过，那草能延年的说法也不可信。"

钩弋夫人

尸身不翼而飞

　　钩弋夫人是汉武帝的妃子，她生下了刘弗陵。刘弗陵五岁时，汉武帝将他立为太子。刘弗陵年幼，钩弋夫人正值壮年，汉武帝担心子少母壮，权力被钩弋夫人夺走，便在云阳宫赐死了她。据说钩弋夫人死后，尸体不翼而飞。史书上说，钩弋夫人死时刮起了大风，飞沙走石，树木倾倒，但没有提到尸体消失的事情。

荒年法

荒年以豆为食

左慈度过荒年有一个法子：选取粗细均匀的大豆，一定要煮熟，在吃下之前，将豆子在手中反复按压，一直按压到大豆表面泛起光泽，这时就能让手心的暖气透进豆心。在吃大豆之前，要先断食一天，然后用冷水就着豆子吃下。

吃完豆子后，鱼肉、苹果之类不能再入口，如果感到口渴就马上喝水，切忌不能饮用温热的水。一开始人会感到困倦，十几天后，体力就会恢复，也不会有食欲。

服用大豆的方法，一般以三升豆子为一剂，按照人之前所吃下的豆子酌情增减。等到荒年过去，来年有了收成想要恢复正常饮食，可以煮一些冬葵和豆腐食用，也可以吃一些肉羹，但肉羹一开始要少吃，逐渐增加分量。吃这些东西一定要等豆子排泄干净后才能吃，要不然就会导致肠道堵塞，致人死亡。这个方法并没有试验过，或许是真的。

周日用说："度过荒年还有一种办法：将饼烤热，然后将蜜蜡涂抹在饼上，按照自己的食量食用。如果口渴就要勤喝水，切忌不能喝热茶。"

成公

成公得道登天

　　颍川的陈元方和韩元长，是当时很有学问见识的才子，他们都相信世界上真的有神仙。他们相信的原因是，他们父辈时传闻，密县有个叫成公的人，离开家后不知道去了哪里，很久之后成公回到家中，对家人说道："我已经得道成仙了。"于是和家人告别离去，成公离去的时候步子一步比一步高，如登阶梯，很久之后才消失。直到现在，密县都还有成公成仙的故事流传。

　　周日用评价道："相信世界上有神仙的，何止这两个人呢？"

淮南王

淮南王得道飞升

汉代的淮南王刘安因为谋反被追杀，世间传闻他没有死去，而是和自己的方士一起得道飞升了。

周日用认为，淮南王应该并不是自杀的，因为他成仙的事迹并不虚妄。现在的扬州一带，还有蛛丝马迹可循。况且，刘安每日和成公这样的人在一起，那自然也是上品真人。一个人如果爱好谈玄和道家，怎么会做出谋逆的事情？刘安喜好诗书，不好游猎，常做善事，造反这样的事情离他实在是很远。

古往今来的书籍，都爱批判成仙得道的故事，这应该是害怕帝王一心修行，荒废国家朝政，所以只能隐去不写，像老聃这样的仙人，却是怎么样都掩盖不住他的神迹。听说蜀国地区有一个叫谢自然的女道士，也是白日飞升，但没有看到任何典籍里记载这件事。

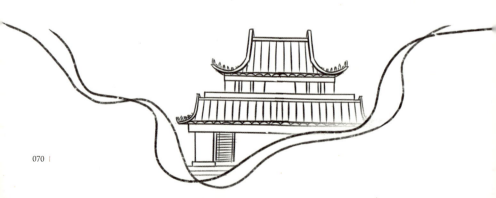

三仁

殷商三位仁人

殷商有三位仁德之人，分别是微子、箕子、比干。

商朝快要灭亡的时候，微子多次对纣王进行劝谏，纣王不肯听从，于是微子离开了商地；箕子也对纣王进行劝谏，纣王很生气，将箕子贬为奴隶。比干是纣王的叔父，纣王昏庸无道，比干多次进行劝谏，纣王愤怒地说道："我听闻圣人的心有七窍，我倒要看看你的心有没有。"于是，纣王命人剖出了比干的心脏供他观赏（《史记》）。

四友

文王四位贤友

周文王有四个贤能的友人，同时也是他的臣子，分别是南宫括、散宜生、闳夭、太颠。周文王死后，四人继续辅佐周武王。

孔子有四个贤能的友人，同时也是他的弟子，分别是颜渊、子贡、子路、子张。

颜渊是鲁国人，他是孔子最为得意的门生；子贡是卫国人，大名叫作端木赐，他擅长交流、经商，是春秋时期出名的大商人，后世将商人诚信、仁义的品质称为"端木之风"；子路是鲁国人，名叫仲由，他勇猛好战，乐于接受批评，很有政治才干；子张是陈国人，名叫颛孙师，他才气过人，重视德行修养。

鲧

鲧死化而为熊

上古时代有一个部落首领，名叫颛顼，号高阳氏。他有一个儿子名叫鲧。鲧执掌水土，当时大地上洪水泛滥，鲧盗取了天帝的宝物息壤，用以治理洪水。鲧治理洪水九年都没有效果，尧命令祝融在羽山将鲧杀害。鲧死后，他的精魂化为了黄熊，潜入了羽山的深渊之中。

鲧死后，他的儿子禹继承了他的事业，成功治理洪水，成为一代圣主。

刘根

刘根召魂唤鬼

刘根这个人感觉不到饥饿口渴；王仲都即便在盛夏时节，用十盆火围着他烤，他都不会觉得炎热，到了严冬时节，他赤身裸体也不会觉得寒冷。桓谭认为他天生就能忍耐寒冷和炎热。桓谭还认为，王仲都还没有得道，只是因为好奇就去实践了，就好像前文提到的焦先一样。

《后汉书》说，刘根是东汉颍川人，隐居于嵩山。据说他能让人看到鬼魂，那些好奇法术的人从远方来到嵩山，想跟随刘根学习。当时的颍川太守名叫史祈，他认为刘根是妖言惑众的骗子，便将刘根捉拿起来，对刘根说道："你有什么本事，竟然敢在这里迷惑老百姓？如果真的有神明，你就来验证一下。如果你验证不了，就会被处死。"

刘根回答道："我也没什么大的本事，不过是能让人见到鬼罢了。"史祈催促道："那你赶紧将鬼召唤出来，让我亲眼看看，这样就能知道真相了。"

于是刘根对着左右发出了呼啸之声，过了一会儿，史祈去世的父亲、祖父以及其他亲眷数十人，都被捆着双手走了过来。这些人对着刘根磕头，说道："我家小子不懂事，实在是罪该万死。"说完对着史祈呵斥道："你这个做子孙的，不能给祖先带来好处就算了，反而让我们受辱！还不快跪下为我们求情！"史祈又惊讶又恐惧，看到先人的样子又很悲痛，他跪在地上反复磕头，磕得满头是血，请求刘根降罪。刘根嘿嘿笑着，并不答应他。忽然之间就消失了，不知道去了哪里。

椹

毒蘑菇的风险

江南的许多山中，有一些断裂到底的树木。到了春夏之际，这些树木上会长出许多菌菇，这些菌菇被叫作"椹"（shèn）。椹吃起来很有滋味，但是有中毒而亡的风险，人们都说椹之所以有毒，是因为有蛇在它身上爬过。

如果是食用了枫树上生长的菌菇，会一直发笑，不能停止。如果要治疗这种大笑不止的症状，需要饮用土浆。

善射

甘蝇神乎其技

古代有一个擅长射箭的人，名叫甘蝇，他有一个徒弟名叫飞卫。《列子》中记载了甘蝇的故事，据说甘蝇只要一拉开弓箭，飞鸟就会坠落，野兽就会伏下身躯。飞卫跟随甘蝇学习射箭，他射箭的技巧甚至还胜过了甘蝇。

封君达

封君达养生要诀

皇甫隆曾经遇到一个乘坐着青牛的道士，这道士名叫封君达。

皇甫隆从封君达那里学习了一些养生的方法，感觉很有用处。这些方法的大致内容是："身体要经常活动，但不能活动得过于劳累，吃东西的分量要克制。要少吃那些过于肥腻的食物，饮食也要忌酸、忌咸，要减少思虑，不能情绪变化过快，不要追逐人世间的虚名，要谨慎对待房事。春夏之际，要注意散发火气；秋冬之际，要注意储藏生气。"

魏武帝按照封君达所说的方法行事，很有效果。

占卜

四则占卜故事

当年舜登天为神，问卜于黄龙神，黄龙神告诉他："占卜显示不吉。"周武王讨伐殷商，询问老人吉凶，老人告诉他："是吉兆。"夏桀讨伐陶唐氏，对火星问卜，火星显示："不吉。"鲧曾经向日月问卜治理洪水的结果，日月显示："不吉，有头无尾。"

姜太公

神女避让太公

吕尚，又被称作姜子牙、姜太公，他曾经担任灌坛令。这天，周武王梦到一个妇人在路上哭泣，周武王问妇人为何哭泣，妇人回答道："我本来是东海神女，嫁给了西海神童。现在灌坛令在这里，我不敢从这里过去。我如果路过，必定伴随着大风大雨，灌坛令姜太公是有德行的人，我不敢携暴风雨过境，这样会破坏他的德政。"

于是，周武王召见姜太公。此后三天三夜，果然有暴风雨从姜太公的灌坛邑外经过。

在《太平广记》中，故事中的周武王为周文王。

晋文公

怪蛇挡路晋文公

晋文公外出时，有一条大蛇拱着身子挡在路中，晋文公便回去继续修身养德，命令小吏守着这条蛇。

小吏梦见天上的神明除掉了这条蛇，天上的神明责备蛇道："你为什么要在这里阻挡圣君？"小吏醒来后，发现蛇已经死去了。

赵鞅

赵鞅墓地云气聚

赵鞅的坟墓在临水县，坟墓上方有云气聚集，犹如楼阁。赵鞅即赵简子，也被叫作赵梦，是春秋时期晋国六卿之一。

徐偃王

蛋中出生的国君

《徐偃王志》记载了这样的事情：

徐国国君的后宫有人生下了一个如同蛋一样的东西，国君认为这是不祥之兆，就将这颗蛋丢弃在了水边。

有一个孤寡的老妇人，她养了一只狗，名叫鹄苍。这天鹄苍在水边追逐猎物，看到了这颗被丢弃的蛋，就将这颗蛋叼回了家。

回到家后，老妇人认为这颗蛋很奇异，就将蛋盖起来，用体温将它孵化。就这样，竟然孵出来一个小婴儿，小婴儿出生的时候是偃（仰）着的，于是给他取名为偃。

徐国国君在宫中听闻了这件事，将孩子接了回去，继续抚养。偃长大后仁义又有智慧，继承了国君的位置。

后来，鹄苍快死的时候，头上长了角，身后的尾巴变成了九条。原来这狗的本体是黄龙。鹄苍死后，偃王将他埋葬在徐国境内，鹄苍的坟墓至今仍在。

偃王即位后，他的仁义名传四方。偃王想乘船前往上游的国家，于是在陈国、蔡国之间挖掘了一条沟渠，没想到在挖掘的时候竟然挖出了一把红色的弓。偃王认为这是上天降下的祥瑞，就决定用自己的名字来作为王号，从此以后就被叫作徐偃王。

长江、淮河一带的国家都听从徐国的号召，这些国家多达三十六个。周穆工听说了徐偃王的名声，就派遣使者前往楚国，命令楚国攻打徐国。这些使者骑乘驿马，一天就到了楚国。

　　徐偃王宅心仁厚，不忍发生争斗，他和他的军队被楚国打败，一路逃到了彭城武原县的东山下。跟随徐偃王前往东山的百姓数以万计，后来东山改名为徐山。徐山上更有一座石室，石室中有神灵，当地百姓会向神灵进行祈祷。那石室至今还在。

关龙逄

关龙逄劝谏夏桀

夏桀的时候，在深谷之中有一座长夜宫，宫殿里男女混合居住，夏桀常待在宫殿中十天半个月都不出来，也不理朝政。这天，天上刮起了巨大风沙，一夜之间就将这山谷填平。

即便如此，夏桀仍不忘作乐，命人在此处修建石室楼宇。大臣关龙逄劝谏夏桀，请求他停止这样的行为，夏桀说道："我掌管天下百姓，我同天上的太阳一样是永恒的，只有太阳消亡，我才会灭亡。"

夏桀认为关龙逄的劝谏是妖言惑众，将他杀害。后来，这座山又变成了深谷，谷底朝上。那些德高望重的臣子继续规劝夏桀，夏桀认为他们在胡说，也将他们杀害了。

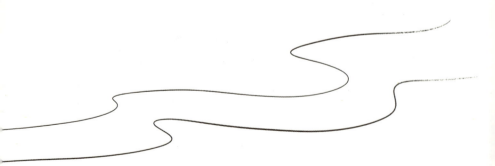

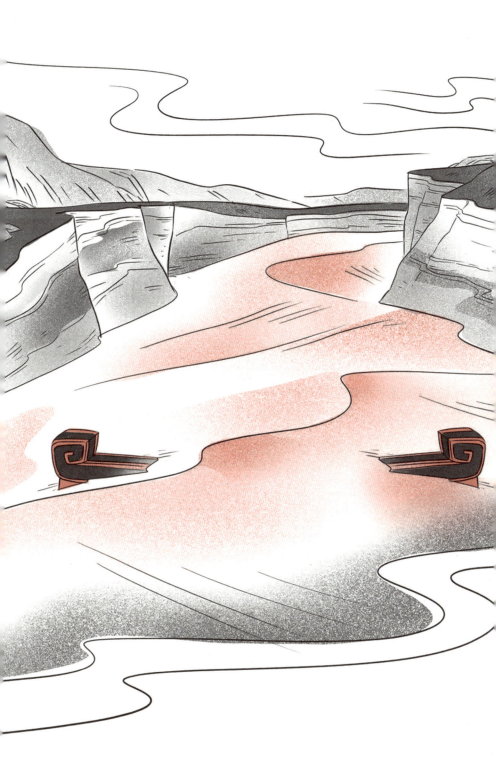

燕太子丹

太子丹逃离秦国

　　燕太子丹在秦国当人质，秦王对他无礼，太子丹很不如意，想回到燕国。太子丹向秦王请求归国，秦王不肯答应，还说出了荒谬的言论："燕太子丹，等到乌鸦的头变成了白色，马头上长出了角，我就放你走。"

　　太子丹仰天长叹，乌鸦的头都变成了白色；太子丹低头叹息，马也生出了角。秦王不得已，只能让太子丹回国，却在太子丹回国的路上设置了一座有机关的桥，谋害太子丹。太子丹策马从桥上经过，桥的机关却没有被触发。太子丹一路逃到了函谷关，当时天还没有亮，函谷关没有开门。于是，太子丹学起了鸡叫，附近的鸡也跟着鸣叫起来，守关的兵士听到鸡鸣，认为到了天亮时间，就打开了大门，太子丹才得以逃出秦国，返回故乡。

　　太子丹，姓姬名丹，是燕王喜的儿子。太子丹曾经在赵国当过质子，当时秦王嬴政也在赵国为质，二人相识。嬴政回国登基，太子丹去了秦国当人质，秦王对太子丹不善，太子丹心中不忿，返回了燕国。秦国灭亡韩国、赵国后，对燕国虎视眈眈。太子丹想刺杀秦王来延缓局势，聘请了荆轲刺杀秦王。荆轲失败后，燕王喜杀害了太子丹，将太子丹的头颅献给秦国以求和（《史记·刺客列传》）。

复生

女子死而复生

谢璋是大司马曹休部下的中郎将，谢璋的部曲里有一个人名叫奚侬恩。奚侬恩的女儿四岁的时候因病夭折，奚侬恩将女儿下葬，五天后女儿竟然又活了过来。

魏明帝太和三年（229年），皇帝诏令曹休，将奚侬恩死而复生的女儿带来，他要亲眼看看。这年四月初三，奚侬恩女儿再次病亡。四月初四，奚侬恩将女儿下葬。四月初八，同村人出门采桑，听到了小孩子的哭声，原来是奚侬恩女儿再次复活。现在奚侬恩女儿的饮食生活和普通孩子没有区别。

澹台子羽

河伯贪图玉璧

澹（tán）台灭明字子羽，是孔子的弟子。他有次渡过黄河，身上携带了价值千金的玉璧。黄河想要得到玉璧，于是掀起巨浪，刹那间波涛汹涌，两条蛟龙挟住船只。澹台子羽左手拿着玉璧，右手执剑，向两条蛟龙攻去，蛟龙很快就被他除掉。

澹台子羽安然无恙地渡过了黄河之后，他将玉璧扔入河中，河伯又将玉璧捡起归还于他，如此往复三次，澹台子羽就将玉璧毁坏，飘然离去。

夏侯婴

马选定的墓穴

汉朝的开国功臣、太仆滕公夏侯婴去世，家人想将他葬在东都门外，很多公卿都前来为夏侯婴送葬。为夏侯婴拉棺的四匹马停在路上不肯前行，这些马用蹄子刨开地上的土，一边刨一边悲声嘶鸣。

人们挖掘开了马刨的地方，里面竟然有一口石棺，棺材上刻有铭文，写道："这块风水宝地昏暗沉寂，三千年都不曾见过日光，现在正该把滕公葬在这里。"

于是，夏侯婴就被葬在此处。

孤竹君

孤竹君尸身出现

汉平帝元始元年（1年），中谒者史岑上书，赞颂王宏夺回董贤手上玉玺的功劳。王宏即王闳，他是王莽的侄子，汉哀帝时担任中常侍一职。汉哀帝宠幸董贤，临死前将玉玺交予董贤。汉哀帝死后，王闳拿着剑逼迫董贤交出玉玺，将玉玺上交给了太后。朝廷上下对他的行为一片赞扬。

汉灵帝光和元年（178年），辽西太守黄翻上书："海边出现了一具尸体，戴着玉冠，身着红色衣裳，身体相貌完好无缺。臣黄翻梦见了这人，这人在梦中说道：'我是伯夷的弟弟，孤竹君。海水损坏了我的棺椁，请求你将我的尸身掩藏。'那些见到了孤竹君的尸身，却只是看热闹的人，家中的幼儿都因病夭折了。"

贤人伯夷、叔齐是商周之际的孤竹国王子，两人为了让位而逃奔于周，但后来又因为不食周粟而饿死。孤竹是先秦时期的一个小国，春秋前期被齐桓公所灭（《史记·伯夷列传》）。

发冢

墓中人尚在人世

汉代末年，关中大乱，有人挖掘了西汉时期的坟墓，没想到棺中的女人竟然还活着。女人出了墓穴后，恢复成了旧日的模样。魏文帝的皇后郭后很喜欢她，将她留在宫中，时常召她伴驾。郭后询问她西汉时期宫中的事情，她都说得头头是道，清晰明了。郭后死后，她哀痛不已，也随之去世了。

汉代末年有人挖掘了范友明家奴的坟墓，墓中的家奴还活着。范友明是霍光的女婿，他谈及霍光废立皇帝的事情，和《汉书》中的记载差不多。这个奴仆常年游走民间，没有固定的住处，现在不知道去往何处了。有人说这个奴仆还活着，张华从别人那里听说了他的故事，认为这个故事是可信的，但并没有亲眼见过这个奴仆。

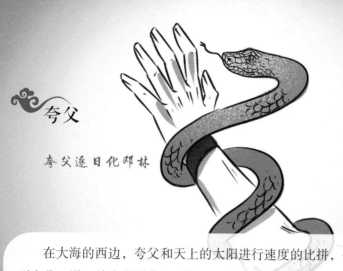

夸父

夸父逐日化邓林

　　在大海的西边，夸父和天上的太阳进行速度的比拼，夸父感到十分口渴，就去喝了黄河和渭河的水。黄河、渭河的水仍不能解渴，夸父就准备去北边喝大泽的水，可是还没到大泽，夸父就因为口渴死去了。

　　夸父死去后，他随身携带的拐杖，化为了邓林。

　　在大荒之中有一座山，名叫成都载天。在这里有一个人，他耳朵上挂着两条黄蛇，手中拿着两条黄蛇，他名字叫作夸父。传说中后土生下了信，信生下了夸父。夸父追逐太阳，想在太阳落山之前追赶上太阳，没想到因为口渴死在了前往大泽的路上（《山海经》）。

忠孝侯印

鹊鸟坠地化金印

京兆官员张潜曾经在辽东地区居住，后来当上了驸马都尉、关内侯。张潜上表说了这样一件事：

当初张潜还在太学时，听说太尉张颢担任梁相时发生了一件事。那天正是雨后，空气清新，一只山鹊一样的鸟贴着地面飞行。路人们见了这只鸟，纷纷向鸟扔石头，鸟逐渐降落，路人们争先恐后地争抢这只鸟，没想到这只鸟落地后，竟变成了一块石头。

人们将这件怪事禀告给了张颢，张颢命人凿开这块石头，发现石头中藏着一枚金印，金印上刻着"忠孝侯印"四个字。于是，张颢就向朝廷上表，将这块石头敬献给了朝廷，朝廷便将这块石头存放在官库中。

后来，担任议郎的汝南人樊行夷在东馆校书，他上表说道，"忠孝侯"这个官职早在尧舜时就已经有了，现在天降这块官印，应该顺应天意设定这样一个官职。

湘妃

湘妃竹的传说

尧有两个女儿，他将这两个女儿都嫁给了舜，大家都称呼她们为湘夫人。舜死后，二女流泪不止，她们的眼泪滴落在竹子上，从此以后，竹子上就有了斑痕。

《列女传》记载，尧有两个女儿，姐姐名叫娥皇，妹妹名叫女英。舜成为天子后，娥皇为后，女英为妃。《述异记》记载，舜死在了南巡途中，葬在苍梧之野。娥皇、女英听说噩耗后啼哭不止，泪下沾竹，竹子由此染上了斑纹。后世将这种竹子称为湘妃竹。

孔子父母墓

墓地坍塌的原因

《礼记》记载，孔子年少时就成了孤儿，不知道自己的父亲葬在哪里。孔子母亲去世后，孔子向邹地人曼父（fǔ）的母亲打听了父亲埋葬的地方，将父母合葬在防山。没想到父母的墓地很快就崩塌了，孔子先行返回并不知道这件事。孔子的门生回来迟了，孔子询问缘故。门生将孔子父母墓地倒塌的事情如实禀告，孔子沉默不语。孔子的门生又说了三遍，孔子潸然泪下，说道："古时候是不修墓的。"

蒋济、何晏、夏侯玄、王肃这四人都认为《礼记》记载的这件事情是不存在的，应当是注释《礼记》的人弄错了，当时的贤人们都认同这个观点。

阿房宫

阿房宫占地广大

周代从祖先后稷到后面的周文王、周武王，都以关中作为国都，号称"宗周"。秦朝时建立的阿房宫，在长安西南二十里的地方。阿房宫东西有数千步，南北有三百步，宫殿之中可以容纳上万人，庭院中能容纳十万人。秦二世胡亥在宜春宫被赵高杀害，宜春宫在杜城南边三里的地方，胡亥就葬在这附近。

有巢氏

国君因过亡国

从前，有巢氏的臣子有着显赫的地位，有巢氏就将国家大事全部托付给了这些臣子。这些臣子专横独断，尽享大权。后来，有巢氏收回了这些权力，臣子们一怒之下生出变乱，有巢氏因此亡国。

有一个国家叫清阳国，这个国家武力强盛，这里的人喜好美女，最后因为不治理国家而亡国。据《逸周书》记载，清阳国也叫绩阳国，实力强大，四处出征，重遗国给绩阳国国君献上美女，绩阳国国君非常高兴，从此沉迷女色不肯治理国家，大臣们争夺权力，最后国家一分为二。

河精

河精赠送《河图》

当年大禹路过黄河，看到长长的人鱼浮出水面。人鱼对大禹说道："我是河精。"河精莫非就是河伯吗？《水经注》记载，大禹见到的人鱼白面鱼身，自称河精，他送给大禹《河图》一书，然后回到了水中。

《异物志》记载，人鱼看上去像人一样，身长数尺，不能食用，秦始皇陵墓中将人鱼的油膏作为蜡烛。

西王母

西王母管理万民

老子曾经说过：

天下人民都归西王母管理，只有帝王、圣人、真人、仙人、道人归属九天君管理。

刺客

刺杀时的异象

《史记·刺客列传》记载：

聂政刺杀韩国相国韩傀时，天上有所感应，一道白色虹光直贯太阳；要离刺杀吴国公子庆忌时，彗星侵袭了月亮；专诸刺杀吴王僚时，有鹰在大殿上扑击。

东方朔

东方朔的神奇

　　汉武帝喜好仙道，祭祀天下的名山大川以求神仙之道。当时西王母曾派使者见了汉武帝，告知自己会与他相会的消息。于是，汉武帝在九华殿设立帷帐接待西王母。

　　七月七日夜漏（计时器）七刻十分，西王母乘坐紫云车到达九华殿西南，向东而坐。王母头戴七胜（一种玉制发饰），头上青气浓郁如云。有三只乌鸦一样大的青鸟，侍奉在王母旁边。

　　当时殿内点着九微灯，汉武帝坐在东面，面朝西方。王母拿出七个桃子，桃子和弹丸一般大小，她给了汉武帝五枚，自己食用了两枚。食用完后，汉武帝将桃核放置在自己膝前，西王母问道："你为什么要留下桃核？"汉武帝说道："这桃子味道十分甘美，我想留着桃核种植。"西王母笑着说道："这桃树三千年才结果子。"

　　殿中只有汉武帝和王母对坐，其余侍从都不能入内。汉武帝的臣子东方朔，偷偷地从九华殿南边雕有朱鸟的窗户中窥视。西王母看到了东方朔，对汉武帝说道："这个通过窗户偷窥的小孩，曾经三次试图盗取我的桃子。"汉武帝听了这话十分诧异。

　　从此以后，世间人都认为东方朔是神仙。

　　君山下有一暗道与吴地的包山相连，君山上有数斗美酒，如果喝了这些酒就不会死去。汉武帝斋戒七日，派遣数十位男女前往君山。这些人拿到美酒后呈给汉武帝，汉武帝正欲喝时，东方朔说道："臣认识这种酒，请求查看。"汉武帝将酒给东方朔检验，没想到东方朔拿到酒后一饮而尽。

汉武帝大怒，想要杀掉东方朔。东方朔说道："如果您杀了我，我死了，说明这种酒根本就不灵验；如果您杀了我，我仍然不死，说明这酒有用，您杀我也是白杀。"

于是，汉武帝就赦免了东方朔的罪责。

伊尹

桑树中的婴儿

思念女子的男性，即便没有妻子也能感应到女方；思念男子的女性，即便没有丈夫也会怀孕。后稷的母亲姜嫄在野外看到了巨人的足迹，踏上去之后就怀孕了，由此生下了后稷。

有侁（shēn）氏的女子在郊外采桑，在一棵桑树中得到了一个小婴儿，她将这个婴儿献给了国君，国君命人抚养婴儿长大。婴儿的身世逐渐被查清楚，他的母亲居住在伊水边，她怀孕后做了一个梦。梦中一个神灵告诉她："当臼冒出水的时候，你要赶紧往东走，千万不要回来。"第二天，臼果然冒出了许多水，婴儿母亲将神灵梦中所说转告邻居，往东边走了十里，回头一看，发现之前居住的村落已经化为一片汪洋，自己也化为了一棵空心桑树，婴儿就藏在树中。这个婴儿就是伊尹。

伊尹长大后贤能有才干。商朝的国君汤听说了伊尹的贤能，派人去有侁氏请伊尹前往，虽然伊尹自己也愿意归顺商汤，但有侁氏的首领不肯答应。商汤打算与有侁氏联姻，有侁氏的首领非常高兴，将伊尹作为陪嫁一起送往商地。

伊尹一开始是做厨子，他通过烹饪的道理来游说商汤，给他讲述治国的道理，成为了商朝的宰相，他辅佐商汤灭亡了夏朝，规范了天下秩序，成为了万民的楷模。

商汤死后，伊尹又辅佐了外丙、仲壬两代国君，还担任了商汤长孙的保衡。太甲即位后，不肯遵守祖训，伊尹就将太甲流放到桐宫，与其他臣子共同执政。伊尹写下了三篇《太甲》，用以劝诫教育太甲，太甲改过自新，三年后返回了国都。后来，伊尹将权力归还给了太甲，辅佐太甲一段时间才退休（《吕氏春秋》）。

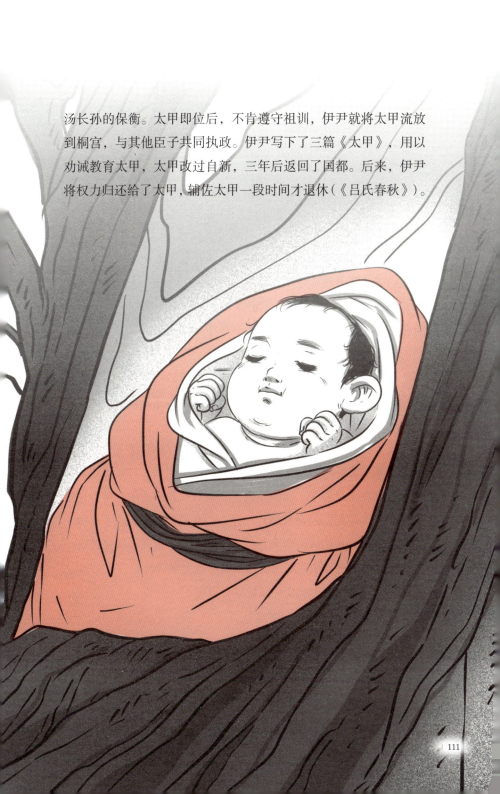

怪蟒

蟒蛇祸害乡民

天门郡有一座幽深险峻的峡谷，从峡谷下方路过的行人，有时候会忽然跃起脱离地面，如同飞升的仙人一样向上飞去，从此不知踪迹。这样的事情持续了很多年，这处幽谷由此得名为仙谷。有些热衷于修道的人，会特意来到谷中沐浴，谋求飞升成仙，他们的心愿往往都会达成。

有一个很聪明的人，他怀疑谷中有妖怪，就在自己身上拴一块巨大的石头，牵着一只狗进入了谷中。这狗飞升而去，他人却留在原地。

这人回到乡里，将自己的发现告诉乡民。他召集了数十个人带着武器前往谷中，乡民们割掉野草，砍伐树木，打通道路到了山顶。站在山顶遥望，他们发现了一条身长几十丈的怪蟒，怪蟒的身子比人还粗，耳朵有簸箕一样大。乡民们用箭射杀了怪物，发现被怪物吃掉的人的骨头在四周堆积如山。这怪蟒嘴张开有一丈多宽，之前在谷中失踪的人都是被它吸上来的。

从此以后，谷中就变得安稳没有祸患了。

秦始皇陵

难以发掘的秦皇陵

秦始皇的陵墓在骊山北面，高数十丈，方圆有六七里，在如今（西晋）的阴盘县境内。秦始皇的陵墓虽高大，但还不能消解六丈高的水势，只能在陵墓的背面建起屏障，让水势东西分流。建立的屏障山，石头都取自渭北的山中，因此有这样一首歌谣："从甘泉运来石头，渭水为之不流。千人齐唱，万人放歌，金陵剩下的石头大如坞（ōu，沙堆）。"

卢氏评价道："秦国的统治者奢侈，知道自己陪葬的珍宝很多，因此沿着山麓建造高大的陵墓，陵墓高大就难以挖掘，陵墓坚固就难攻入，当初项羽进入咸阳城时曾挖掘秦始皇陵，不知道他是否挖到了秦始皇的棺木。"

费 昌

两个太阳的预示

夏桀的时候，费昌在黄河边上仰望天空，他发现天上有两个太阳，一个太阳在东边，光华灿烂，冉冉升起；另一个太阳在西边，看上去昏昏沉沉，马上要消亡，还伴随着霹雳。

费昌询问黄河的水神冯夷，问道："这两个太阳，哪一个代表殷，哪一个代表夏？"冯夷回答道："西边的代表夏，东边的代表殷。"于是，费昌带领族人迁徙，归附了殷商。

箕子

朝鲜国的来历

箕子居住在朝鲜，后来燕国讨伐朝鲜，在此称王。朝鲜本地人流亡海上，建立了朝鲜国。

海上有一个国家叫雨师妾国，这里的人面色如墨，耳朵上挂着两条蛇，可能就是传说中的句（gōu）芒吧。

磷火

战争地带的鬼火

交战死亡的地方，人血和马血经年之后会化为磷。磷在地上如同草木上的霜露一般，很难看见。如果有人走过那里，触碰到了磷，那个人身上就会发出光亮；如果稍微拂拭，这些火光就会散为点点火星，伴随着细微的炒豆声。这时候，只能原地不动，一会儿火光会自己熄灭。人遭遇到了磷火后，会失魂落魄，非常恍惚，一天之后会恢复正常。现在的人梳头、脱衣时，偶尔也会发出光亮和炒豆子的声音。

精怪

土中诞生的精怪

水中诞生的精怪，叫作龙、罔象；木中诞生的精怪，叫作夔、罔两，也写作夔、魍魉；土中诞生的精怪，叫作羵（fén）羊；火中诞生的精怪，叫作宋无忌。《史记》记载，宋无忌是燕国人，修仙得道，形体消解，成为了鬼神。

《国语》记载鲁国大夫季桓子打凿水井，在水井中得到了一个土缶，土缶中有一只羊。季桓子派人去询问孔子这是何物，孔子告诉他土之怪为羵羊。

吃瓜

奇怪的吃瓜方式

人吃瓜的时候，如果用冷水泡到膝盖，一顿可以吃数十枚瓜；如果用冷水泡到腰上，可以吃更多瓜；如果冷水泡到了脖颈处，可以吃下百多枚瓜。浸泡人的水会散发出瓜的气味，这件事作者并没有尝试过。人如果醉酒想要醒酒的话，可以用热水浸泡自己，很快就能清醒，浸泡的热水也会散发出酒味。（注：非科学操作，请勿模仿！）

刘玄石

刘玄石一醉千日

刘玄石曾在中山郡的一酒家买酒，酒家给了他千日酒，却忘记告诉他该喝多少。刘玄石回到家后喝得大醉，家人不知道他是酒醉，以为他死去了，就将他安葬。酒家在一千天以后，忽然想起来自己忘记提醒刘玄石饮酒适度，他估算了一下时间，认为刘玄石应该酒醒了。

酒家前往刘玄石家中拜会，刘家人告诉他刘玄石已经死了三年了。酒家告诉刘家人真相，刘家人前去开棺，这时刘玄石刚刚醒过来。从此，俗世间就有了"玄石饮酒，一醉千日"的说法。

鼷鼠

鼷鼠咬人身体

《春秋》有"鼷（xī）鼠食郊牛，牛死"的记载。鼷鼠是最小的一种老鼠，被它啃噬的动物感觉不到疼痛，鼷鼠如果吃人脖子上最肥厚的地方，人也没有感觉。鼷鼠也被叫作甘鼠，人们都很忌讳它，认为被它咬到是身体衰弱的征兆。

河伯

冯夷得道为河伯

冯夷是华阴县潼乡人，他学仙得道，成为了河伯。水神、水仙之道莫非是相同的吗？仙人的坐骑是龙和虎，水神的坐骑是鱼和龙，他们行踪缥缈不定，万里之遥对他们来说和在自己家中行走没有什么区别。

两小儿辩日

孔子遇两小儿争论

《列子》说，孔子在东方游历时，见到两个小孩子辩论。孔子问孩子们为何争辩，一个孩子说道："我认为，太阳刚刚升起的时候离人更近，中午的时候离人更远。"另一个小孩说道："我认为太阳升起的时候离人更远，中午的时候则更近。"

第一个小孩反驳道："太阳初升时如同车盖一般大，中午的时候只有盘子一样大，这难道不符合近大远小的道理吗？"

第二个小孩回答道："太阳初升时，天气还是寒冷清凉的，到了中午的时候，人却可以感觉到气温上升了，这难道不符合离得近就热，离得远就凉的道理吗？"

孔子没办法做出决断。两个小孩笑着说道："谁说您多智博学呢？"

严君平

乘木筏误入天河

　　传说中，天河和大海相连通。近世有人居住在海岛上，每年八月都能看到有木筏漂来，日期从不发生错误。有一个人心中好奇，就在木筏上搭了房子，带上吃用的食物，乘坐木筏前往天河。

　　在路上的前十来天，这个人还能看到日月星辰，十多天后就进入茫然一片，分不清黑夜白天。就这样迷迷蒙蒙地过了十来天，木筏停在了一处地方。这地方看来如同人间城池一般，屋舍整齐。遥望过去，可以看到宫殿中有许多织布的妇人，有一个男子牵着牛在岛边饮水。

　　牵牛人看到了陌生人至此，问道："你怎么会在这里？"这人说明了来意，向牵牛人询问此地是何处，牵牛人回答道："您回去以后到蜀郡拜访严君平就知道了。"

　　这人没能上岸，按照原路返回了家中。后来，这人前往蜀地拜访严君平，严君平说道："某年某月，曾有客星侵犯牵牛星宿。"仔细一算日子，发现这正是他到达天河见到牵牛人的时间。

拾遗记

庖牺

太昊伏羲定礼乐

庖牺，也被写作伏羲，是传说中的三皇之一，也被称作春皇。他所治理的国家，包含了华胥国。

庖牺的母亲曾经在华胥国游玩，当时有一青虹围绕着她，很久之后才熄灭。之后，他的母亲就感觉到自己怀孕了，十二年后生下了他。

庖牺长着长长的脑袋，眼睛细长，牙齿如同龟牙，嘴唇如同龙唇，他的眉毛是白色的，胡须垂在地上。

有人说：岁星十二年是一个周天，庖牺孕育的时间正好合乎天道运行的规律。听闻圣人出生时，都会伴有祥瑞。天地初开时，人皇蛇身九首。人皇出生的时候，太阳和月亮都出现了晕光，山川稳定，大海风平浪静。从人皇至今，山川变幻，世界变迁，难以计算到底过了多少年月。现在庖牺降生了，庖牺的德行超过了前面的圣王，世间的礼法和制度从此兴起。

庖牺带领人民脱离了茹毛饮血、居住在山洞的生活，他创立了礼仪制度引导文明，制造了兵器让人民掌握武力，在桑木上装上蚕丝制成了瑟（一种乐器），烧制泥土制成了埙（一种乐器）。礼仪和音乐就是从伏羲开始兴起的。

不只如此，庖牺还调和了四面八方的风，画出了八卦，分下了六爻（yáo），定下了祭祀的六神。

当时天下还没有文字，庖牺就效法天地，以天为图、以地为法，他观察日月星辰的运行，教导人们通过影子的长短辨别时间，他教会了人们祭祀鬼神，审视地势定下了山川河岳，创立了婚姻制度教化万民，规范了人类社会的伦理。

庖牺的"庖"是"包"的意思，也就是包罗万象；他用牺牲（古代祭祀宰杀的牲畜）敬献各类神灵，人们都很服气他的圣德，因此称他为庖牺，也就是伏羲。他改变了世间的混沌无知，用美好安静的教育改良世间，因此大家也尊称他为宓（fú，安静）牺。

庖牺的德行遍布天下，天下百姓没有不尊崇他的。庖牺以木德称王，所以大家尊称他为"春皇"；他的智慧照耀八方，所以大家又尊称他为"太昊"，"昊"就是明亮的意思。他居住在东方，养育万物，与木德契合。他的音律符合五音中的"角"音，因此也被称为"木皇"。

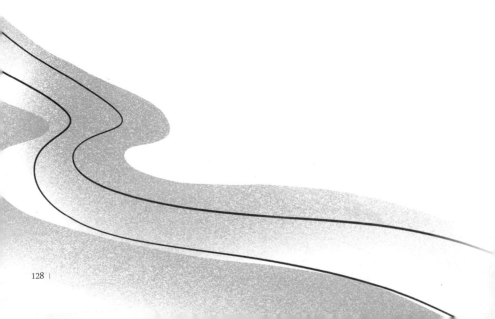

颛顼

颛顼，号高阳氏，是黄帝的孙子、昌意的儿子。一天，昌意在河边遇到了一条背着玄玉图的黑龙。当时有一个老人家对昌意说道："你如果生下儿子，那他必定以水德称王。"

十年后颛顼出生，他手上有龙的纹样，也有玉图的神异。当天晚上，昌意观察天象，发现北极星从空中降落，化作一个老人。

后来颛顼即位，各种奇异的祥瑞纷纷出现。颛顼即位之初，有一些首领并没有来参拜颛顼，如今看到了祥瑞聚集，都翻山过海前来恭贺。颛顼向四方之神作揖行礼，各地首领诸侯手执玉圭顶礼膜拜，他们按照身份高低整齐排列，井然有序。

颛顼赏赐臣子，那些接受礼乐教化的人，颛顼就赐给他们钟和磬（乐器）。这些钟由某种轻盈的金所制成，磬由可以漂浮在水面的石头制成，这些石头如同水草一般轻盈，用这种石头制作的磬可以不用多加雕琢打磨。如果用羽毛轻轻抚弄钟磬，钟磬会发出响声，声振百里。当各国诸侯前来朝拜的时候，颛顼会命人演奏富有内涵的乐曲，曲声清越绵密，天边的飞鸟为之下坠，水中的鲸鲵为之翻涌，而海水恬静无波。

那些武力充沛的人，颛顼就赐给他们兵器。有一把剑名叫"曳影之剑"，它能腾空飞行，如果天下发生了战争，曳影剑会自动飞在空中，指向发生战争的方向。有战争的时候，曳影剑攻无不克；天下太平的时候，曳影剑会栖身于剑匣，发出龙吟虎啸之声。

商纣

纣王暴虐周代之

商的末代国君纣昏庸暴虐，纣想要征讨各国诸侯，命令飞廉、恶来诛杀贤人良士，掠夺他们的宝物，将其埋葬在为自己修建的琼台之下。纣王还让飞廉等人迷惑附近的诸侯国，使得这些国家烽火狼烟不断。纣登上琼台遥望，只要哪个方向有烽火燃起，他就命令军队前去讨伐这个国家。他杀害这个国家的君主，囚禁这个国家的人民，强占这个国家的女子，奸淫掳掠无恶不作，无论是神明还是百姓对他的行为都很愤怒。

当时有红色的鸟衔着火飞来，这火如同星辰一样闪亮，让纣王辨别不出烽火台上的火光。纣王感到迷惑，就命令各个诸侯国暂时先熄灭烽火。就这样，人民才得以享受了一段太平时光，感到非常欢喜。

后来，周武王讨伐商纣，有樵夫和牧童在鸟巢之中得到了一块玉玺，玉玺上写着："水德马上就要覆灭，木德即将兴盛。"这些文字都由大篆写成，讲述了殷商的国祚已经到了尽头，姬姓的圣德日渐兴隆。当时天下的三分之二都归顺了周国，百姓们无不感慨殷商灭亡得太迟，周国到来得太晚。

邹屠氏

邹屠氏八梦食日

帝喾的妃子，是来自邹屠氏的女子。当年轩辕黄帝打败蚩尤后，将蚩尤部落中善良温和的人迁移到了邹屠，将凶恶不服的人迁徙到了北方荒芜寒冷之地。后来，迁移到邹屠氏的人分为了邹氏和屠氏。

嫁给帝喾的邹屠氏女子，行走的时候脚不踏在土地上，常常乘风云而行，游玩于伊水、洛水之上，帝喾常和她在此地约会。

嫁给帝喾后，有一天邹屠氏做了一个梦，梦到自己在吞食太阳，后来她生下了一个儿子。这样的梦她连续做了八次，她生下了八个儿子。这八个儿子被百姓们称作"八神""八翌（yì）"，"翌"就是光华灿烂之意。

这八个儿子还被叫作"八英""八力"，这些名字表明了他们具有神异的力量，光芒照耀四方，英姿万古流传。

少昊

西方之主凤鸟氏

　　少昊掌管西方，又被称作"金天氏""金穷氏"。少昊在位时，有五色神鸟聚集，在少昊的大殿中环绕，因此少昊也被称为"凤鸟氏"。当时，山中的黄金发出鸣金之声，白银也涌出地面。涌出地面的白银有的呈现出龟、蛇的样子，有的是人和鬼的形状。还有一条河流，蜿蜒曲折，形似龙凤，有的山川盘桓如同卧龙，世间也就有了龙山、龟山、凤水这样的名称。生活在这里的人以地名作为自己的姓，《汉书》中"龙丘氏"就是出自此处；《西王母神异传》中的"蛇丘氏"也是如此。

　　《山海经》记载，在东海之外有一座深谷，那里就是少昊的国度。少昊在这里养育了颛顼，颛顼长大后，少昊丢弃了供颛顼娱乐的琴瑟。蓐收是少昊的属神，他左耳上挂着蛇，以两条龙为坐骑，《国语》中记载蓐收人面白毛，手是虎爪的样子，爪中握着钺。

　　少昊的一些子孙建立了功业，《山海经》中的一目国、季釐国都是少昊的后裔所建立，其中一个名叫"般"的人发明了弓箭。少昊也有不成器的后代，其中一个儿子品性败坏、残害忠良，天下的百姓将他叫作"穷奇"（《左传》）。

　　穷奇形状如同老虎，有翅膀，它以人为食，能听懂人的言语。穷奇如果知道哪里发生了争斗，就会去吃掉占有道理的一方，它还会吃掉忠信的人的鼻子，放过那些作恶多端的坏人，甚至会捕杀野兽赠送给恶人（《神异经》）。

炎帝

神农炎帝尝百草

炎帝教导人民制作耒耜（一种农具），亲自在田间劳作，各种粮食都长得很繁盛。天下万物都能感受到炎帝无上的圣德。

在炎帝的带领下，神异的灵芝呈现出奇妙的颜色，灵草长出了饱满美好的禾穗。大地上的红色荷花，叶子有车盖一样大，上面流下的露珠汇集成了池塘，炎帝就将这个池塘作为养龙的地方。还有那朱红的瑞草，蔓延生长在街道旁，庆云也悠然弥漫在树丛之中。炎帝让人筑造了圆形的高坛，用以祭拜早上的太阳；装饰玉砌的台阶，祭拜月亮。

炎帝命人演奏九天上的乐曲，百兽听到了乐曲会情不自禁地跟着乐曲舞动。这些音乐由金石丝竹及其他四种不同材质的乐器演奏。有时天上的流云会洒下液体，这些液体被称作"霞浆"，服用后可以得道，长生不老。

还有一种石磷之玉，名字叫作"夜明"，在夜里将它投入水中，它会浮在水面，光亮不灭。炎帝的时候，已经逐渐改变了庖牺时质朴的作风，渐渐明白了礼乐制度的用处。有丹雀衔着九色禾从空中飞过，九色禾落在地上，炎帝将它捡起来种在田中，食用了九色禾的人都不会死去。

人们还会去峻锾（huán）山开采铜矿，将铜制作成器物。峻锾山下有一口井，井上方有白气环绕。如果有人站在这口井上，可以听到地下传来雷霆之声。井中还有材质柔软的黄金，可以将这些黄金制成绳索使用。

炎帝在医学上还有重大贡献，《淮南子》记载，神农会亲自品尝各种草木的滋味，研究它们的用处，有时候一天就能遇到七十种毒草。《搜神记》记载，炎帝有一条红色的鞭子，他用这条鞭子鞭打百草，就可以辨别百草的药性和毒性，找到适合治疗疾病的草药。此外，炎帝播种百谷，造福四方，所以大家也称他为"神农"。

在民间传说中，神农尝百草一直都安然无恙，后来神农尝了一种名叫"断肠草"的植物，无法解除其毒性，最后断肠而死。

炎帝有一个女儿，名叫女娃。有一次女娃去东海游玩，不幸溺死于东海之中。女娃死后魂灵化作了精卫鸟，她对自己溺于东海之事心有不甘，总是去西山衔石子、树枝等小东西，试图填平让她失去生命的东海。她循环往复地衔石填海，绝不放弃，这种精神感动了许多人。

炎帝还有一个女儿，名叫瑶姬。瑶姬尚未出嫁就去世了，葬在巫山之南。战国时期，楚怀王曾在梦中与瑶姬相遇。

洹山

洹山花鱼神异多

　　黄帝让臣子风后背着书囊，让常伯背着宝剑，命他们早上在洹山巡游，傍晚回到阴浦。这两处地方相隔万里，但风后和常伯只需要一个呼吸就能到达。

　　洹山的流沙如沙尘一般，脚踩在里面就会陷进去，难以测量沙尘的深度。如果有大风刮起，沙尘会被吹到空中，如同浓雾一般，沙尘中会出现神龙鱼鳖，它们在空中飞翔。

　　洹山还有一种青色荷花，看着很坚硬实际上却很轻盈，它会随风轻轻摇动，覆盖在流沙波浪之上。这青色荷花一根茎就有百余片荷叶，千年才会开花。

　　洹山有一处地方名为"沙澜"，意思是说沙子涌起如同波澜一般。据说，有一个名叫甯（nìng）封子的仙人曾经食用了洹山的飞鱼，因此死亡。两百年后，甯封子复生。为此，甯封子还留下了一首描写自己沙海之行的诗，诗是这样写的："青色的荷花千年之后盛开的灿烂光华，以飞鱼为食沉睡百年得以复生。"诗中所说的花和鱼，正是洹山的花和鱼。

黄帝

轩辕黄帝出生于有熊之国。《史记》记载，黄帝是少典的儿子，姓公孙，名轩辕。《帝王世纪》认为，黄帝居住在轩辕之丘，所以以地名作为他的名号。

黄帝的母亲叫作昊枢，在戊己日生下了黄帝，因此黄帝以土德称王，黄帝出生的时候天上出现了黄色的星星，是祥瑞之兆。

黄帝考订了历法，创造了文字。他居于天子之位，身着天子冕服，他的礼服上画有衮龙，后人就有了"衮龙之颂"这样的说法。黄帝通过改造木筏发明了船只，船只发明出来的时候，水中的生物都表现得欢欣踊跃，大海变得风平浪静。

黄帝泛舟于黄河之上，将自己的玉璧沉入河中，得到了符瑞，川泽中的神马也纷纷嘶鸣，代表祥瑞的山车遍布四野。

黄帝让乐师校订了音律，调正了璇衡（观测天象的仪器），任命四个史官（沮诵、仓颉、隶首、孔甲）掌管图书，派遣具有九种优良品质的贤人管理天下。这九种优良品质是孝、慈、文、信、言、忠、恭、勇、义，具备这九种品性的臣子被称为九德之臣，他们需要观测天地，祭祀万灵。

初夏时，和暖的风从东南出来。这时，那些得道的人们会聚集在一起，黄帝也厌弃了俗世的生活，于是在昆台山上得道飞升，只遗留下了自己的发冠、佩剑和鞋子。

昆台，是鼎湖山最为险峻的地方，黄帝曾在这里修建了馆舍。这个地方对于人世来说实在是太过遥远陌生，至今人们还在鼎湖山下遥望黄帝，进行祭祀。

　　黄帝没有飞升时，曾经用神异的金属制作了一些物品，这些物品上都刻有铭文。黄帝飞升后，他的臣子们观看器物上的铭文，发现这些铭文都是上古时期的铭文，大多数都已经磨灭残缺了。黄帝下令制造的器物，都有记载时间，这些记载的文字都很古朴。

　　黄帝下令群臣们都要接受德行教育，让他们将硅玉放在兰草蒲席之上，再点燃沉香、榆香，将各类珍宝研磨至粉屑状，与沉香、榆香的胶汁混合在一起，再将混合物涂抹在地上。以此标示出尊卑、族属的位份。

青鹳

青鹳现世圣人出

尧帝在位的时候，圣德光耀四方。他在河水、洛水附近得到了一块刻字的玉片，上面描绘了天地的形状；他还得到了黄金、玉璧这样的祥瑞，玉璧上字迹清晰，记述了天地万物的来源。

当时，祸乱天下的"四凶"已经被除去，心怀道德的人都前来归顺尧帝。尧给他们安排了职务，命他们维持天下秩序。

尧还命令大禹疏通河道、治理洪水沼泽，从此以后，国家南面和北面没有出现过妖异的状况，飞禽、水鱼也各安其道。

在幽州一带，羽山北面，有一种擅长鸣叫的禽兽，它长着人的脸、鸟的嘴巴，有八只翅膀，一只脚，毛色和鸡相似，它行走的时候脚并不沾着地面，它只喜欢飞行不喜欢走路。这种鸟的名字叫作青鹳，它的声音如同乐器一般。《世语》记载，青鹳鸣叫，代表着天下太平。因此，和平昌盛的时代，青鹳就会在水泽旁飞翔鸣叫。

大禹平定水患后，青鹳就栖息于大山之中，它们所聚集的地方一定会有圣人出现。上古以来铸造的器物，都会刻画有青鹳的样子，赞颂它们的铭文至今还有。

皇娥

皇娥白帝泛海游

少昊以金德称王，他的母亲名为皇娥，她在玉筑造而成的宫殿中夜夜织布。白天的时候，皇娥会偶尔乘坐竹筏游玩，即使是遥远的穷桑海滨上都有她的影踪。

在一次游玩中，皇娥遇到了一个神童。神童容貌超凡脱俗，自称白帝之子，是太白星。他来到水边，与皇娥嬉戏玩耍，他们奏响了动听的乐曲，快乐得忘记了回家。穷桑是西海之滨，这里有一棵桑树。这棵桑树体型巨大，伸入云霄一千多尺。桑树的叶子是红的，结出的果子是紫色的，食用了桑果就可以长生不老。

白帝之子与皇娥一起泛舟海上，以桂枝作为桅杆，编织的茅草作为旗帜，将玉雕成的鸠鸟放置在桅杆之上。据说鸠鸟知道四时的变化，因此《春秋》说鸠鸟掌管冬至和夏至，至今还存在的相风（一种仪器），就是鸠鸟的遗存。

他们二人并坐在船上，白帝之子抚弄着铜峰顶上梓木制成的瑟，皇娥就倚靠着瑟唱歌，歌声传达出了皇娥此时的快乐。因此，民间游玩的地方称作"桑中"。《诗经·卫风》中有一篇"期我乎桑中"，表达的也是同样的意思。

白帝之子也唱起了歌，表达了琴瑟和谐，与皇娥双宿双栖的喜悦。后来皇娥生下了少昊，少昊就被称为"穷桑氏"，也被称作"桑丘氏"。到了六国时，著有阴阳术的桑丘子就是少昊的后裔。

勃鞮国

勃鞮国无翅能飞

在溟海北边，有一个勃鞮（dī）国。这里的人身着羽毛制成的衣服，他们没有翅膀却能飞行，太阳照射不出他们的影子。勃鞮国人以黑河中的水藻为食，饮用阴山上桂树的汁液。他们可以凭借风力飞行，也能踏波而行。

中国气候炎热，来到这里的勃鞮国人身上的羽衣渐渐脱落，颛顼就赐给了他们豹纹皮衣。勃鞮国向颛顼奉上了黑色的玉环，玉环漆黑如墨毫无杂质。他们还敬献了一千匹黑色的马，颛顼用这些马拉车，去了很多遥远的地方进行慰问。后来，勃鞮国人借着风回到了自己的国家。

南浔国

南浔国龙鱼共生

有一个国家叫作南浔国，南浔国内有一个大山洞，洞内有暗河流动，直通地脉。洞中有毛龙、毛鱼这样的生物，它们有时候会在宽旷的湖泽中蜕骨。毛龙、毛鱼生活在同一片水域之中。

南浔国向舜献上了一雄一雌两条毛龙，为此舜特意设置了专门豢养龙的官职，到了夏朝时，仍然保持着养龙的风俗，擅长豢养龙的家族以"豢龙"作为家族的姓氏。大禹疏导山川河流的时候，以毛龙作为坐骑。后来天下平定，君主将毛龙放回了水中。

重明鸟

尧在位的七十年间，幼小的鸾鸟每年都会飞来，麒麟也会在水泽之中游玩，凶恶不吉的枭鸥逃亡到了荒漠之中。有秖（zhǐ）国向尧敬献了一种重明鸟。重明鸟又叫双睛鸟，因为它们有两双眼睛。重明鸟形状如鸡，声音似凤，即便是羽毛脱落，也能凭借肉翼飞翔。重名鸟能与虎狼之类的猛兽相搏斗，将带来灾害的妖兽们驱逐。

重明鸟以玉膏为食，它们来去的时间不固定，有时候数年才来一次，有时一年会飞回几次，人们打扫门户，都很盼望重明鸟归来。有时候，重明鸟没有回来，人们就会把木头雕刻成它的样子，或者用金器铸造出重明鸟的形状，人们将木器、金器置放在门户中，魑魅魍魉各种鬼物都会退散。现在的人们，在新年的第一天也会刻木铸金，摆放重明鸟，即便不这样，也会画一幅有鸡的形象的图画贴在窗户上，这就是遗留下来的与重明鸟有关的风俗。

玛瑙瓮

在高辛氏时，有许多相马的方法。马死后，人们会剖开马的头颅进行观察，如果马脑是血红色的，说明这马是万里马，有腾空飞行的本领；如果马脑是青色的，说明这种马的嘶鸣之声可传到数百里之遥；如果马脑是黑色的，说明这种马入水之后皮毛不会被浸湿，可日行五百里；如果马脑是白色的，说明这种马具有力量，但是易怒。有一个国家，名为丹丘国。丹丘国的人很擅长相马，他们可以通过马的嘶鸣声来辨别出马脑的颜色，从而挑选宝马。

丹丘国向高辛氏献上了一个玛瑙制成的瓮，用以盛放甘露。玛瑙是一种玉石，以南方出产的最佳。丹丘国内，有鬼叫作夜叉驹跋鬼，它们把红色的马脑做成瓶子、盂和乐器，形状都很精妙美丽。中原地区的人使用这些器物，可以免受鬼怪侵扰。

有一种说法认为，马的脑子是用恶鬼的血液凝结而成的。当年黄帝除掉蚩尤和四方凶人，诛杀妖怪鬼魅，他们的尸体填满了山川河谷，积血成渊，白骨成山。很多年以后，这些血凝结成了石头，白骨化作了灰土，肉脂变成了泉水。南方的肥泉河和白垩山就是由此而来。白垩山巍峨高远，山顶白雪皑皑。还有一座丹丘山，每千年会燃烧一次，黄河也是每千年就变清澈一次。圣明的国君们都将这种现象视为祥瑞之兆。

丹丘的荒野遍布鬼血，鬼血化为丹石，就成了玛瑙。玛瑙不能被刀削、被雕琢，但是可以被铸造成器物。黄帝时期制造而成的玛瑙瓮，到了尧帝时期都还有保存。玛瑙瓮中的甘露充盈，不会枯竭，人们将这种甘露称作宝露，尧还会将宝露赏赐给臣子。

到了舜帝时期，玛瑙瓮中的甘露开始减少。甘露会随着朝代的兴衰而增减，当天下太平圣君在位时，甘露会充盈，反之则消竭。

舜帝将玛瑙瓮迁移到了衡山上，所以衡山上有一座宝露坛。他南巡至此时，曾在这里赏赐臣子甘露。舜帝还在宝露坛下修建了馆舍，用以观测月亮。后来，宝露坛生起了一团云气，舜帝又将玛瑙瓮迁移到了零陵的山上。舜帝死后，玛瑙瓮沉埋地底。

到了秦朝，秦始皇将汨罗的支流疏通成了小溪，贯通长沙、零陵，玛瑙瓮从舜帝庙宇正堂下挖出，得以重见天日。玛瑙瓮可容八斗的甘露，与八个方位相对应。后世之人得到了玛瑙瓮，却不知道玛瑙瓮制作于何年何月、是何来历。

汉代的东方朔眼力非凡，认出了玛瑙瓮，他特意为其写了一篇《宝瓮铭》："祥云生于露坛，瑞风起于月馆，望三壶如同盈尺，眺八鸿仿若旋带。""三壶"指的是海外三座仙山，一为方壶，即方丈山；一为蓬壶，即蓬莱山；一为瀛壶，即瀛洲。

三山形状如壶，上面宽广，中间狭小，底部方形，如同工匠制作一般，和华山一样鬼斧神工。"八鸿"就是八方的意思，东方朔说，登上月馆眺望远方山川，山如同米粒，河水如同弯曲的带子。

大频国

舜帝在位十年时，有五位老人在国都游玩，舜用对待老师的态度对待他们，和他们讨论天地造化。舜禅位给大禹后，这五位老人也离开了，从此不知所终。于是，舜就修建了五星祠用以祭祀这五位老人。

当天晚上，天上出现了五颗长星，温柔和顺的清风刮起，日月合璧，五颗星辰连成了一条直线，祥瑞之气显现。那些荒野国都的人看到了这样的天象，纷纷来国都朝拜。

其中有一个叫大频国的国家，舜询问大频国使者对于灾异和祥瑞的看法，大频国的使者说道：

"在北海的尽头，有潼海之水，这里的水浪极高，甚至能遮住太阳。在这里有巨鱼、大蛟，人们能观察到它们，它们一吐气，即便是八方最遥远的地方也会变得晦暗，它们振一振胡须，山川湖海都会产生波动。当年尧帝在位时，洪水围绕大山，蛟龙盘旋于空，导致三河泛滥，河水海水交织汇流。

"这三河分别是天河、地河和中河。这三条河水有时顺畅流通，有时会发生阻塞。圣人治理天下时，天下清明，三河的水也澄净清澈，连飞溅的浪花都不会有。后来，尧的儿子丹朱祸乱天下，因此巨鱼吞噬太阳，蛟龙盘绕天空，鸟兽昆虫也改变了自己的习性以顺应阴阳变化。

"万年之后，高山沦为平地，沧海为之枯竭，鱼、蛟这类本生活在水中的生物也在陆地上定居，有一种类似鹏鸟的红色乌鸦，会用自己的翅膀覆盖在蛟、鱼之上。蛟龙用自己的尾巴不停地叩击，向苍天祈求雨水；巨鱼吸入了太多日光，让光线变得稀薄，天地一片昏暗，漫天的星辰和雨水一起坠落在地上。"

　　听了这话后，舜便向海神、山神进行祭祀祈祷，各地的百姓都称赞舜的圣德，圣德滋养传播的地方，都发生了祥瑞之兆。

孝养国

在冀州西面两万里的地方，有一个孝养国。这个国家的凡人都能活到三百岁。孝养国的人死后会葬在荒野之中，成群的鸟儿衔着土给他们充作坟土，各种兽类会为他们挖掘坟穴，他们的墓地并没有封土堆，也不会在墓旁栽种树木。

如果有亲人去世了，亲属会把木头雕成亲人的模样，像对待活人一样对待这块木雕。孝养国国民骁勇，手上有千斤之力，他们用手抓向地面，地上就有泉水涌出。他们的舌尖为方形，能食用金石。

孝养国人擅长驯养禽兽，他们入海捕获了虹龙，将虹龙豢养起来，作为祭祀用品。当年黄帝讨伐蚩尤，消灭了各种凶顽的国家，却表彰孝养国。其他国家的人对孝养国仰慕不已，因此舜又将这片地区命名为孝让国。

舜接受尧的禅让后，孝养国的人带着玉帛前来恭贺朝拜，舜用对待贵宾的礼节招待了他们，与对待其他的戎狄大不相同。

贯月筏

巨筏漂浮四海

尧即位三十年时，西海之外出现了一只巨大的木筏，木筏上有光照耀，晚上亮起，白天熄灭。住在海边的人观察木筏上的光亮，觉得这光亮时大时小，和星辰月亮出入云层一般。木筏漂浮四海，十二年能绕四海一周，周而复始，因此人们将它称作"贯月筏"，也叫作"挂星筏"。

那些有飞行之能的仙人有时会栖息在木筏上，仙人们用露水漱口，他们吐出的露水让日月的光亮都变得昏暗。舜帝、大禹时期，这只木筏就没有再出没过了，那些在海边生活的人，都还记得木筏的神异。

浮玉山

浮玉山阴火化云

在西海之外，还有一座浮玉山，山下有一处巨大的洞穴，穴中有水，水色如同火焰。这种奇异的水在白天没有什么特别，到了晚上却会绽放光芒，光亮能照射到洞穴外。无论水势如何汹涌，都不会影响水发出光亮，这种水被称作"阴火"。当时正是尧帝时期，阴火光华灿烂，化作了天上红云，红云照射四方，与湖海交相辉映。海上的人将这种水天赤色的现象叫作"沉燃"，认为这对应了五德中的火德。

苍梧之野

神鸟口衔青纱珠

舜死后，葬在苍梧之野。当时，有形状如雀的神鸟从丹州飞越而来，吐出五色气息，五种气息氤氲在天空形成了彩云，人们便将这种神鸟称作"凭霄雀"。

凭霄雀成群结队地飞行，会变幻自己的外形和颜色，它们聚集在高山深林之中，栖息在木头上则是禽鸟，行走于地面时则化作走兽，形态变化无常。

凭霄雀有时在丹海游玩，有时又会飞回苍梧之野，它们口中衔着一种青纱珠，青纱珠累积起来如同小山，人们将这种山丘称为"珠丘"。青纱珠轻盈细小，当有风刮过时，珠丘的青纱珠被吹起，漫天尘土飞扬，人们将这样的现象称作"珠尘"。

现在的苍梧之野，有些进山采药的人有时候会得到一些青色的石头，青石圆润如同珍珠，服用之后长生不死，身体轻盈。仙人方回为此还写过一篇《游南岳七言赞》来称赞这种珠子。

夏禹

大禹治水铸九鼎

　　大禹铸造九鼎，其中五鼎对应天道规则，四鼎对应天数气运。大禹命令工匠以雌性属阴的金属铸造阴鼎，以雄性属阳的金属铸造阳鼎。九鼎中时常装着水，用以占卜气数和天命。夏朝末代国君夏桀之时，九鼎中的水忽然沸腾起来。到了周朝末年，九鼎齐齐发生震动，这都是国家要灭亡的征兆。后世的圣人们都学习大禹的行为，历朝历代都会铸造大鼎。

　　大禹努力治理洪水，推平山陵，引领河流的走向，黄龙拖着尾巴在前方为他开路，玄龟背着青泥跟随在后方。玄龟，是河精的使者。玄龟脖子下挂着一枚印章，印章上刻着古篆，篆文是九州山川的形状。大禹会用青泥封印、标记自己开凿过的地方，命令玄龟在青泥上盖上印章。现在的人将土堆积起来作为边界，就是大禹治水的遗存。

　　大禹开凿了龙关山，龙关山也被叫作龙门。龙门有一空心岩洞，内深数十里，洞内幽暗不明，常人不可行走，大禹拿着火把进入洞内。洞内有一头猪模样的野兽，口中衔着夜明珠，夜明珠发出的光芒和烛火一样明亮。洞内还有一只青色的狗在前方大声地吠叫。

　　大禹往前走了大约十里路，洞内漆黑一片，不辨昼夜。渐渐地，洞内出现了光亮，只见野猪和青犬都变成了人形，身着黑衣。

洞内还有一位神明，人面蛇身，他身旁有八位神灵侍奉。大禹上前与神明交谈，神明在金版上给大禹展示了八卦。

大禹问道："华胥生下了圣君，您莫非就是圣君吗？"神明回答道："华胥是九河神女，是她生下了我。"原来，这位神明就是伏羲。伏羲从怀中拿出一把玉尺交给了大禹。玉尺长约一尺二寸，长度对应了一天十二个时辰，可度量天地。大禹在玉尺的辅助下平定了洪水。

瑶姬也为大禹治水提供了帮助。瑶姬也叫云华夫人，是王母的第二十三个女儿。瑶姬曾去往东海游玩，途经巫山，她见巫山峻秀幽美、风景雅致，在此流连忘返。

当时，大禹正在山下治理水患，突然大风席卷而来，巫山为之震动，于是大禹求助于瑶姬。瑶姬让侍女交给了他召唤鬼神的书籍，又命狂章、庚辰、童律等人帮助大禹碎裂巨石、疏导河水流向。大禹曾见到瑶姬千变万化，有时候腾入空中化为浮云，有时候浮云聚集化作雨水，有时是矫健的游龙，有时是优雅的仙鹤。大禹对此感到疑惑，怀疑瑶姬并非真正的仙人。大禹找到帮助他治水的童律，询问他瑶姬是何身份，童律告诉他："瑶姬是王母的女儿，是西华少阴之气所化，千变万化无所不能。"后来，大禹在瑶台问道于瑶姬，瑶姬赠送给了他珍贵的典籍（《墉城寻仙录》）。

禹娶了涂山氏的女子为妻，新婚不久就离开妻子，踏上漫长的治水之路。因为父亲鲧治水失败的缘故，禹对于治水尤其认真，在外面治水十三年，即便是路过家门都没有进入（《史记·夏本纪》）。

夏鲧

鲧沉羽渊化玄鱼

尧命令鲧治理洪水，鲧治理了九年都没有什么效果。于是鲧自己沉入羽渊之中，化为玄鱼。他有时会扬起胡须，振动鳞片，游走于水中，见到它的人都将它称作"河精"。羽渊与河水、海水出自同一源头。

海边的居民在羽山为大鲧修建了庙宇，四季都会祭祀。玄鱼和蛟龙时常跃水而出，见到的人都很惊恐畏惧。

后来，舜命令大禹疏导河流、祭祀山岳，大禹需要渡海时巨龟浮在海面充作桥梁，需要跨越高山时会有神龙供他骑乘飞越，大禹行遍天下，即便是日月之墟都有他的踪迹，却唯独不踏上羽山。

关于鲧变化成动物有各种不同的说法，但其核心是相同的，只是在物种和颜色上有所争议，"玄""鱼""黄""能（熊）"四个发音混乱，在摘抄流传中多有变化，"鲧"字或许本来是"黄"字加上"玄"字。

简狄

简狄拾蛋生商君

商朝的始祖，是神女简狄。相传，简狄在桑野之地游玩时，看到一只黑色的鸟儿产了一枚蛋在地上，蛋上有五色纹样，写着"八百"两个字。简狄捡起了这枚鸟蛋，将它放在玉筐之中，用红色的衣服盖住。

晚上，简狄做了一个梦。梦中神母告诉她："你如果抱着这枚鸟蛋，就可以生下圣明的孩子，继承金德。"简狄按照梦中所说，抱着这枚鸟蛋，一年后简狄怀孕了。十四个月后，简狄生下了儿子契。后来，契建立了商朝，商朝国祚八百年，和当初鸟蛋上所写的"八百"相对应。这期间，虽然商也遭受了干旱的灾厄，但是契的后人仍然兴旺发达。

师延

长寿的乐官师延

殷商有一个乐师，名叫师延。自从有音乐以来，乐师的职位一直都有设置。师延能够精辟地论述阴阳之道，通晓天地的道理，为人高深莫测。师延神出鬼没，有的时代会出世，有时会隐居。早在轩辕黄帝的时代，师延就已经有几百岁了，在那时他担任的是司乐之官，他可以通过各诸侯国演奏的音乐来判断国家的兴衰存亡。

夏朝末年，师延带着乐器投奔殷商。在商国，师延负责修订三皇五帝时的音乐。师延稍稍拨动琴弦，地下的神明会升出地面聆听；他吹奏起乐曲，天上的神明会降临人间欣赏。可惜纣王荒淫，沉迷于声色犬马，他将师延囚禁在宫内，想对师延施以刑罚。

师延被囚禁期间，演奏了各种风格的音乐，有的悲凉，有的欢愉，有的婉转。看守监狱的人将师延的行为报告给了纣王，纣王嫌弃地说道："他演奏的都是远古时期的淳朴音乐，我并不喜欢。"所以纣王不肯释放师延。

于是，师延又演奏起让人神魂迷乱的靡靡之音，音乐彻夜不止，用以取悦纣王。这样，师延才得以免除了炮烙之刑。周武王伐纣期间，师延在濮水附近失去了踪迹，有人说他已经不在人世，因此晋地、卫地的人，用石头或者金属为他雕刻、铸造了人像，一直祭祀他。

燃丘国

历经艰辛至洛邑

　　周成王在位第六年，燃丘国献上了一对比翼鸟。比翼鸟有一雌一雄两只，以玉作为笼子。燃丘国的使者头发卷曲，鼻子尖尖的，他们身着云霞纹理的衣服，和现在的朝霞衣相似。从燃丘国到周国，中间历经了一百多个国家，路过的山川河流不计其数。

　　他们翻越了陡峭险峻的高山，包裹车轮的金属几乎消磨殆尽；他们渡过了风波诡谲的佛海，佛海中的鱼鳖皮骨头坚硬得可以制成铠甲；他们在船底镀上了一层铜，避免蛟龙的侵害；他们以豹皮作为帷盖，在车帷布中推着车，一步步走过了毒蛇遍地的蛇洲；他们点燃了胡苏之木，木烟驱杀了百虫，得以通过毒蜂占据的蜂山。这段路程他们走了五十年，才到达了洛邑。

蜂鸟

蜂鸟入舟送吉兆

　　周武王带领军队向东而去，讨伐商纣。夜间，军队在渡河时，天上的云明亮如同白昼，跟随他的八百部族齐声高歌。一群形状如同大蜂的丹鸟纷纷飞往周武王的船只，周武王认为这是吉兆，命人将这种蜂鸟的形象描绘在战旗之上。第二天，周武王斩杀了商纣王，他就将自己的船只命名为蜂舟。现在的旗帜上仍会有鸟的画像，这就是周武王蜂鸟入舟故事的遗存。

　　鲁哀公二年（前493年），郑国人袭击赵简子，得到了一面蜂旗，这面蜂旗与周武王的蜂旗相似（《太公六韬》）。

西施

西施容光倾吴国

越国谋划灭亡吴国，收集了天下的奇珍异宝、美人、罕见的食物进献给吴国。越国还宰杀了牲畜祭祀给了天地，杀死了龙、蛇祭祀给了山川河流，还以吴国的名义让越国的百姓去吴国做工。

越国有两个绝色美人，一个叫作夷光，一个叫作修明。这两个人也就是西施和郑旦。越国将她们二人献给了吴王。吴王修建了椒房给她们居住，用珍珠做成了帘幕。白天掀开珠帘，可以欣赏下方的风景；晚上将珠帘卷起，可以欣赏天边的明月。西施、郑旦两个人并坐在屋中，对着镜子梳妆打扮，暗中窥视她们的人都被她们的美貌所震撼，认为二人是神女。吴王也被二人迷惑，沉湎女色，不理朝政。

后来，越国攻打吴国，吴王带着西施、郑旦逃亡到吴苑。越国军队攻入吴国宫殿，在殿后的花园中看见西施、郑旦站在一棵树下，士兵们以为看见了神女，不敢侵犯二人。现在吴国城门外有一截腐朽的木桩，据说是人们祭祀西施、郑旦的地方。

当初，越王勾践攻入吴国，有红色的乌鸦在空中飞行，因此，勾践称霸后特意修建了一座望乌台，用以纪念乌鸦的神异。

旃涂国

旃涂国敬献凤鸟

周成王在位第四年，旃涂国敬献了一只幼年的凤鸟，他们以白玉为车，五彩玉石为饰，将凤鸟放置于车中，以红色大象作为脚力，一路运送凤鸟来到周国。周国将凤鸟接到专门养育灵兽的院中蓄养，给它提供甜美的浆水和仙果。用以喂养凤鸟的果实和琼浆都是出自上元仙人。

凤鸟刚到周国时，它的毛发色彩还没有完全鲜亮，直到周成王在泰山、社首山举行封禅之后，它才焕发新生，毛发由此灿烂起来。自从凤鸟来后，周国本地的飞禽走兽都不再鸣叫，它们都臣服于这只从旃涂国来的神鸟。周成王去世以后，凤鸟飞天而去。孔子在鲁国做宰相时，也有凤鸟聚集在鲁国，直到鲁哀公时期，凤鸟再没有来过，因此孔子才有"凤鸟不至"的感慨。

羽人

周昭王梦中换心

周昭王在位第二十年时，一天白天，他正在房中小睡。忽然，他梦到了白云蒸腾升起，云中有人穿着羽毛织成的衣服，名唤羽人。周昭王在梦中向他们询问成仙之术，羽人告诉周昭王："大王您的精神智慧还没有开启，是不能学会长生之术的。"周昭王跪在地上请求羽人教给他断绝欲望的办法，羽人用手指在周昭王的胸口画了画，周昭王的心脏随着羽人的动作破裂。

周昭王从梦中惊醒，只见血染睡席。从此以后，周昭王就患上了心疾，对食物和音乐都没有了欲望。大半个月之后，周昭王再次梦到了羽人，羽人对周昭王说道："我之前那样做是为了给大王换一颗心。"说完就从一个小袋子中拿出了一些补血益精、存续脉络的药物出来，羽人将这些药放在周昭王胸口。过了一会儿，周昭王胸口的伤就痊愈了。

周昭王请求赐予灵药，得到灵药后将药存放在了玉缶之中，用金绳封存。周昭王将这些药涂抹在了脚上，顷刻间就可以飞到万里之外，天涯对于周昭王来说不过是咫尺。据说，谁要是服用了这种药，就可以长生不死。

周穆王

周穆王在位第三十二年时，决定巡行天下。他乘坐着用黄金制成、碧玉装饰的宝车，乘风出行。他从东方的大山出发，日夜不歇，走遍了天下。有十个史官随周穆王出行，负责记载周穆王到达的地方；有十辆白玉为轮的车辆跟随在周穆王之后，用以装载书籍。

周穆王有八匹骏马，这八匹骏马号称"八龙"，各有神异。名为绝地的骏马，驰骋时不沾染土地；名为翻羽的骏马，速度比飞禽还要快；名为奔霄的骏马，可夜行万里；名为越影的骏马，可以逐日而行；名为逾辉的骏马，毛色光亮灿烂；名为超光的骏马，有十条影子；名为腾雾的骏马，可乘云奔跑；名为挟翼的骏马，背上长着翅膀。

这八匹骏马轮流驾车，周穆王命人收紧缰绳缓缓而行，打算绕天地一圈。周穆王有智慧且深谋远虑，他的车辆走遍天下，那些遥远的异国通过他的游历看到了周的强大，自愿归顺臣服。

洞庭山

洞庭山漂浮在水上，山下有数百间金碧辉煌的屋子，神女居住其中。一年四季，洞庭山山顶都能听到金石丝竹（钟、磬、琴、管）的乐声。楚怀王之时，曾推举人才在湘水边作诗，这些人听到了洞庭山上的音乐，他们都认为这乐声能让人焕发活力，即便是《咸池》《九韶》之类的音乐，都无法与之相比。

每年四月，楚怀王会环绕洞庭山，一路游玩宴饮，并以四季为主题奏乐写诗。仲春二月，与夹钟（古乐中的第五个阴律）相对应，楚怀王便命人创作清风流水之诗，在洞庭山举办宴会；仲秋八月，则命人演奏白露清霜之曲。

后来楚怀王宠幸奸佞，贤人们都四散而去，屈原因为屡进逆耳忠言被排挤，隐居在沅水、湘水附近。他身披薜衣，食用野菜，与飞禽走兽生活在一起，不再理会俗世。屈原采集柏树果实，与桂花膏混合，制作成滋养心神的药丸。后来，楚怀王放逐屈原，屈原投入了清冷的汨罗江中。楚国人怀念仰慕屈原，将其视作水中仙人。有时，屈原的神魂会在天河游逛，有时也会降临湘水。楚国人为屈原修建了祠堂，汉代时这个祠堂仍在。

洞庭山上有一个灵洞，行走在洞中会觉得前方有人拿着烛火照明，泉水、石头清明可见，洞中有一股异香，芬芳浓郁。曾有采药人进入了洞中，他在洞中前行了数十里，只见洞中气象大变——这里天朗气清，霞光普照，花草芳香，柳树成荫，琼楼玉宇，宫殿道观与俗世大相径庭。

采药人见到了许多仙女，仙女们身着霓裳、冰肌玉骨，一看就绝非凡俗。仙女们邀请采药人一起饮酒，请他进入玉宫，给他演奏起了丝竹之乐。一番宴饮后，仙女们为采药人送行，赠送给了他一些仙酒。采药人虽然心怀仰慕，恋恋不舍，但是挂念子女，就按照洞中原路返回。返回时仍然觉得前方有灯烛照明，和来时一样。这一路采药人都没有感觉到饥饿口渴，顺利返回了家乡。

采药人回到村中，发现昔日邻居已然改头换面，他一路寻家，却只找到了自己的九世孙，打探之下得知："先祖去洞庭山中采药，一去不回，至今已有三百年。"采药人将自己的经历告知了村中父老，此后不知所终。

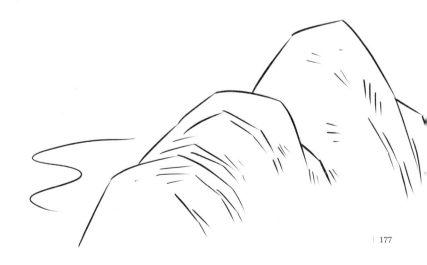

介子推

鸦群护佑介子推

晋文公为了请求介子推出山，放火焚烧了介子推隐居的绵山。火势冲天，浓烟滚滚，成群的白鸦围着浓烟着急地大叫，有些白鸦聚集在介子推身边，为他阻挡火势。

晋国百姓听说了白鸦的事迹，称赞不已，特意为它们建立了一座高台，名为思烟台。思烟台旁种植了许多仁寿树。仁寿树与柏树相似，枝条柔软，花朵可以食用，《吕氏春秋》中记载，树木中最为优良的，就是长着仁寿果的树。说的正是高台旁的仁寿树。

据说，人们还禁止在绵山百里范围内用罗网捕鸟，他们将保护介子推的白鸦称作"仁乌"。民间将胸口一团白毛的乌鸦称作"慈乌"，仁乌和慈乌是同类。

子韦

子韦司星掌天文

宋景公时，对那些擅长星象的人许以上大夫的职位，这些人住在高楼之中，便于他们观测天象。宋景公为他们提供珍奇的食物、宝贵的衣裳，日子过得非常奢侈。

有一天，忽然来了一个乡野之人，这人身披草衣，背着书箱，他敲门进来对侍从说道："我听说国君喜爱阴阳之术和谶纬的秘密，我请求面见国君。"宋景公将他请进了殿堂，进行会面。

在交谈中，这乡野之人谈起了预兆和往事，都说得非常准确。他夜观天象和云气，白日里则研究书籍图画。他不穿那些宝贵的衣服，也不喜欢那些珍贵的食物。宋景公很感谢他，说道："如今宋国正处在丧乱之中，如果没有你，谁会来辅佐我呢？"乡野之人回答道："如果德行施行得不公平，祸乱就会到来。您应该努力修德，这样既顺应天意，也符合教化。"

宋景公认为他说得很有道理，赐予了他姓和名，即是子韦。

萧绮认为："宋国的子韦掌管天文，擅长观测星象，是和鲁国的梓慎、郑国的禆灶一样厉害的星象大师。宋景公对子韦奉若神明，给他提供最好的食物和衣服，用最高的礼仪对待他。《左传》记载，可以以出身地（此处有误，当为职业）作为一个人的姓氏，子韦也因此名扬天下，被尊称为'司星氏'。"到了六国末年，子韦写了讲述阴阳学的书。这些事情都记载于《汉书·艺文志》之中。

孔子

孔子降生的异象

周灵王在位第二十一年，孔子诞生，此时是鲁襄公在位。这天晚上，两条青色的龙从天而降，附着在房中。孔子的母亲颜徵在做了一个梦，梦醒后生下了孔子。两个神女拿着香露踏空而来，为颜徵在沐浴。天帝命人演奏起了仙乐，乐声在颜徵在的房间响起。空中有一个声音说道："上天感应圣人降生，所以奏响了音乐。"可见孔子的出生就与常人不同。

有五位老人站在颜徵在家的庭院中，他们是五星（金星、木星、水星、火星、土星）的化身。孔子还没有降生的时候，就有麒麟口衔玉书去往孔家，玉书上写道："水精的儿子，为了衰微的周朝而来，他会成为素王。"因此，就有了两龙绕室、五星降庭的异象。颜徵在聪明贤惠，知道麒麟代表神异，便将彩色的丝绳系在麒麟的角上，麒麟在孔家歇了两晚之后才离开。

有擅长卜算的人说："孔夫子是殷汤之后，以水德称王。"周敬王末年，鲁国人在大泽捕获了一头麒麟，人们不知道这是什么情况，前去请教孔夫子。孔子去见了麒麟，当初颜徵在系在麒麟角上的彩色丝带仍在。孔夫子知道自己的生命快到了尽头，他怀抱麒麟，替麒麟解下了角上的丝带，泪如雨下。从麒麟出现，到孔子为麒麟解下丝带，中间大约隔了一百年的时间。

青凤

青凤羽毛价万金

周昭王时期，涂修国献上了青凤、丹鹊各一对。初夏时节，青凤、丹鹊的羽毛脱落，人们将青凤的羽毛收集在一起用来装饰车盖，将丹鹊的羽毛制成了四把扇子，一把叫作游飘，一把叫作条翮（hé），一把叫作亏光，一把叫作仄影。当时，东瓯国献上了两个女子，一个名叫延娟，一个名叫延娱，她们轮流拿着扇子为昭王摇扇，扇子每次扇动都会有清风四散，自带清凉。延娟、延娱口齿伶俐，能言善辩，总是能带来欢笑。她们行走的时候地上不会留下痕迹，在太阳下也没有影子。

周昭王溺亡于汉水时，延娟、延娱侍奉在侧，与昭王一起溺于水中。因此，长江、汉水一代的人民，至今还会思念她们，为她们在江边修建了祭祀的祠堂，这个祠堂名叫"招祇祠"，周昭王溺水几十年后，有人说在江水、汉水之上见到周昭王和二女一起泛舟嬉戏。

暮春三月，上巳节之时，人们会在水边嬉游，清除身上的不祥。他们会带来采集的应季食物，将鲜美的食物和兰草、杜衡包裹在一起，然后沉入水中。有时候，人们也会用五色的纱线制作成袋子，在袋子中装上金或者铁，将袋子沉入水中，用以惊扰水中的蛟龙、鱼鳖，让他们不敢吃沉下来的食物。

青凤掉落下来的羽毛还被织造成了两件裘衣，一件名为燠

（yù）质，一件名为暄肌，将它们穿在身上可以抵御寒冷。周厉王流亡龁城时携带了这两件裘衣。龁城人得到了这两件衣服，认为这两件裘衣有神秘之处，于是将裘衣分割开，让青凤的羽毛遍布龁城大地。

在这里，如果有人被判处了死刑，只要他拥有青凤的羽毛，即便是一支，也能让他免除死刑。青凤的羽毛可以说是价值万两。

韩房

有一个叫韩房的人，是渠胥国的使者。他向周国进献了一匹高五尺的玉骆驼、高六尺的凤凰琥珀、宽三尺的火齐镜（用火齐珠装饰的镜子）。火齐镜能发出光芒，将黑夜照得明亮如同白天，如果对着镜子说话，镜中人影会作出回答。韩房身高一丈，头发垂到膝盖，他用丹砂在左右手上画出太阳和月亮，手上就可以发出光芒，照亮一百步的距离。周国人见到了他的本事，将他奉为神明。周灵王末年，韩房不知所终。

扶娄国

周成王在位第七年，在南边有一个扶娄国。这个国家的人擅长机关变化之术，他们能改变自己的外形和服饰，能兴云起雾，也能进入细微的事物之中。扶娄国人能将金属、玉石、羽毛串联在一起织成衣服。他们有喷火吐云的能耐，鼓起腹部时会发出打雷一样的声音。

有时候他们会变化成为犀牛、大象、狮子、老虎的样子，他们还会从口中吐出人来，吐出的人能进行各种歌舞表演，在他们的手中翻来覆去。这些口中人身形时长时短，如神鬼莫测，为当时人所称赞。朝廷掌管音乐的乐府都有传承这种技艺。

周朝末年，有人向扶娄国人学习他们的技艺，但他只学会了其中一种技法，并没有领悟到扶娄国杂技的精妙。有一个词叫作"婆侯"，就是"扶娄"发音的讹传，这个词流传至今。

师旷

师旷乐技惊天下

师旷，不知道具体出生在什么时候，有人说他出生在晋灵公时期，他在晋国主管音乐。师旷擅于辨别音律，还写下了万篇兵书。师旷来历成谜，当时人也不知道他是谁的后裔。晋平公时期，师旷以擅长阴阳学闻名当世。

为了杜绝凡尘俗念，专心致志地投入到占星、音律之中，师旷用烟熏瞎了自己的双眼。晋平公曾让师旷演奏清徵之音，师旷说道："清徵之音不如清角之音。"晋平公说道："我能听一听清角之音吗？"师旷回答道："您功德浅薄，不能听清角之音，听了恐怕不吉。"晋平公说道："我已经年老了，唯一喜好的就是音乐，我愿意听！"

于是，师旷不得不演奏起了清角之音。师旷刚一演奏，就有乌云从东西北方升起；继续演奏，大风骤然而至，大雨倾盆而下，狂风掀起帷幕，屋内各种器物被吹倒在地，屋檐上的瓦片纷纷坠落。屋内坐着的人四散奔走，晋平公也很恐惧，伏在侧房地上。接着，晋国大旱三年，赤地千里，晋平公也得了重病。

师旷临终之前，写下了《宝符》一百卷，战国时期，列国纷争，《宝符》也失传了。

西王母

周穆王在位三十六年，他再次出发，东巡大骑谷。这一次周穆王的目的地是春宵宫，他想在春宵宫召集天下的仙人方士，寻求仙道法术。当时，螭龙、鹄鸟、龙、蛇等珍奇异兽都出现在了空中。

夜色渐渐袭来，周穆王点亮长生灯用以照明，长生灯又被叫作恒辉，同时被点亮的，还有凤脑灯。周穆王以美玉的油脂作为烛油，烛火遍布宫中。周穆王命人摆上了从冰山中凿取而来的冰荷，用以遮挡灯光，防止灯光远照。

西王母乘坐着青凤驾驶的车辇翩翩而来，车辇前方有文虎、文豹引路，车辇后方有麒麟、紫麈（jūn）相随。西王母脚着红玉鞋，铺着青草和黄莞织就的草席，与周穆王在玉帐相会。西王母为周穆王献上了清澈甘冽的美酒、洞渊之处的红花、嵰（qiǎn）州的皑皑白雪、崐流的白色莲花、阴岐的黑枣、万年才得一熟的冰桃，还有千丈之长的翠藕、青花绽放的白橘。这些东西都是珍贵的宝物，素色莲花一个子房就有百颗莲子，冬天也生长得茂盛；长着黑枣的黑枣树，高有数百尺，黑枣也有二尺之长，枣核细小柔软，百年才能成熟。

在扶桑树以东五万里的地方，有一座磅磄（táng）山。山上有一棵数百人才能围起来的桃树，这棵桃树的桃花是青黑色的，万年才能结出果子。在磅礴山东边，有一条小河名为郁水，河水汇集山坡下方沉积成泉，因此也被叫作"沉流""重泉"。泉水中生长着碧藕，有千常之长（一常为七尺）。

条阳山生长着神异的蓬草，蓬草形状如同蒿草，有十丈长。周朝初年，有人进献了这种神蓬草，周王以蓬草的茎秆作为宫殿支柱，这就是传闻中的"蒿宫"。蒿宫中有白橘树，白橘树花色翠绿，果实洁白，如瓜般大小。白橘的香味数里之外都能闻到。

西王母命人演奏仙界的音乐，陈列出了仙界的珍贵乐器——岑华山的竹管，睄泽的雕钟，员山的静瑟，浮瀛的羽磬。西王母与周穆王击节而歌，神灵们欢聚一堂（《穆天子传》）。

宴饮结束之后，西王母命随从驾起祥云，飞升离去。

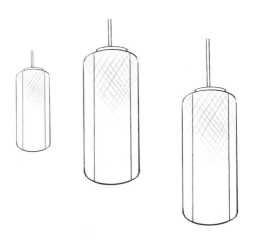

沐胥国

尸罗幻木不寻常

燕昭王七年（前305年），沐胥国前来朝拜。沐胥国即申毒国。沐胥国使者中有一个擅长道术的人，名叫尸罗。燕昭王询问他的年纪，尸罗自称有一百三十岁。据尸罗说，他从沐胥国来到燕国都城，历时五年之久。

尸罗擅长幻术，他能在指尖幻化出十层宝塔以及天上的仙人，这些仙人身长五六分，一边鼓乐舞蹈，一边绕着佛塔行走，他们的声音如同真人。尸罗口中喷出的水会变成迷蒙雾气，笼罩四周，几里之内的光线都会变得晦暗。过一会儿，尸罗吹了一口气，气息化为一阵疾风，将雾气吹散开来。尸罗又朝手上的佛塔吹了一口气，佛塔遁入云中。

尸罗还能从左耳中召唤出青龙，右耳中召唤出白虎。青龙、白虎刚出耳朵时只有一二寸，很快就能长到八九尺。过了一会儿，风云骤起，尸罗挥了挥手，青龙、白虎再次回到了他的耳中。

尸罗面向太阳张开嘴巴，只见许多仙人乘着车辇，驾着螭龙、鹄鸟直直地进入他的口中，尸罗用手按压在胸口上，他的衣袖中发出了阵阵雷声。此时，尸罗再次张开嘴巴，仙人及其座驾依次从他口中吐出。尸罗常常在日间打坐，他有时会变成孩童，有时会变成老者，有时还会突然死去。尸罗死去时，房间内会充斥着香味，一阵清风吹了过来，尸罗就会死而复生，样貌和之前一模一样。尸罗的幻术变化，实在是神异非常。

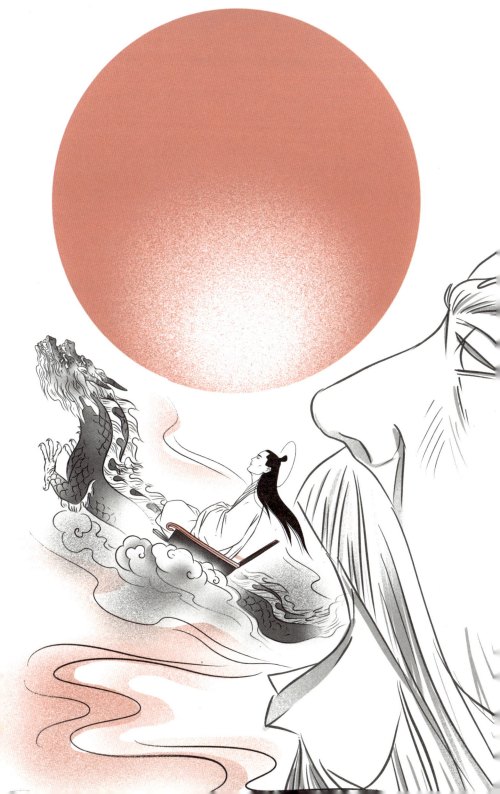

苌弘

灵王纳谏远苌弘

周灵王二十三年（前549年），周灵王命人修建了一座"昆昭台"，又称"宣昭台"。为了修建昆昭台，周灵王派人四处寻找修建的材料，最后找到了崿谷北面的一棵千丈巨树，这棵树就足以提供修建的木料了。

昆昭台高一百丈，站在台上可以看到云色。有一个人名叫苌弘，据说能招来神异之人。这天，周灵王登上昆昭台，忽然见到两个异人乘云而来。这两个异人头发胡须都是黄色的，穿着羽衣，与俗人不同。周灵王将二人迎上尊位。

当时，天下大旱，大地龟裂，树木自燃。一个异人唱道："我能招来风雪。"说完喷出一口气，刹那间云朵聚集，雪花飞扬，坐在昆昭台上的人都感到冷意入骨，王宫中的池水、井水也冻结成冰。异人带来了狐皮裘衣、熊皮褥子，他们将裘衣和褥子铺在地上，坐在上面的人都感觉到了温暖。

这时，另一个异人唱道："我能立即让天气变得炎热。"说完就用手指弹了弹坐席，刹那间温暖的风吹了过来，也不需要狐裘、熊褥取暖了。

有一个叫容成子的大臣劝谏道："大王您应当以天下为家，不应该沾染这些旁门左道。随意改变夏天和冬天，这样的行为会蛊惑百姓。前代圣王如文王、武王、周公他们都不会这样做。"

　　周灵王听了这话后，便疏远了招来异人的苌弘，寻求能直言劝谏的贤者。

　　当时，一个异国向周进献了玉人、石镜，石镜色泽如月，将人照得皎洁如雪，人们便将这种石镜称为"月镜"。苌弘对周灵王上书道："这样的物件，都是被您的圣德感召过来的。"周人们认为苌弘过于谄媚，便杀掉了苌弘。苌弘死后，他的血液凝结成了石头，也有人说凝结成了碧玉，他的尸体不翼而飞。

神蛾

神蛾擅飞能衔火

　　燕昭王九年（前303年）时，燕昭王想见一见神人异事。有一个学道之人，名叫谷将子，他对燕赵王说："西王母将来此云游，她一定会讲述道术。"

　　不到一年，西王母果然来了。西王母与燕昭王在隧林中游玩，谈起了炎帝钻木取火的方法，将桂树的油脂点燃用以照明。忽然，一只飞蛾衔着火飞了过来。飞蛾形状如同丹雀，停在桂脂上扇动翅膀。这种飞蛾乃是神蛾，它们吸食云露，能长时间飞行不做停留，仙人们会用神蛾来炼制丹药。西王母曾与众多仙人在员丘山上捕捉了大量的神蛾。燕昭王请求西王母赐予以神蛾炼制而成的九转神丹，西王母没有答应。

老聃

老聃创作《道德经》

老聃出生在周朝末年，居住在有夕阳照耀的日室山中，远离红尘俗世。山中只有五位黄发老人，他们中有的以鸿鸟、仙鹤为坐骑，有的身披羽毛就能飞行，他们的耳朵高过头顶，瞳孔为方形，面色同玉一般洁白，手持青竹制成的手杖。五位老人与老聃共同谈论天地的道。这五位黄发老人，其实是五方之精，即东、南、西、北、中五个方位之神。

后来，老子下山做了周朝的柱下史，潜心寻求修道之术。四海之内的名士，争先请求老聃的指教。

有一个古国名叫浮提国，他们进献了两个擅长书法的人。这两个人有时候看上去年纪很老，有时候看上去又很年轻。他们能够隐藏自己的身形，只露出影子，有时能听到他们说话，却看不见人影。

他们从手肘中拿出一盏四寸大小的金壶，壶身上刻着五条龙的纹样，用青泥将壶封住。壶中有黑色的汁水，如同黑漆，这些黑汁洒在地面就会变成篆书、隶书和蝌蚪文这几种不同的文字。这些文字记述了人类的开端。

两人还帮助老子撰写了十余万字的《道德经》，他们将《道德经》写在玉牒之上，用金绳将玉牒穿起来，存放在玉匣之中。两人昼夜不歇地抄写《道德经》，形神俱疲。没多久，金壶里的黑汁都被二人书写完了，于是两人剖开胸口，以心血为墨继续抄录。

如果没有照明的蜡烛了，他们会互相钻取对方脑中的骨髓，用来代替蜡烛。等到他们的心血、脑髓都快抽空的时候，他们会从怀中拿出一支玉管，玉管中装满了丹药粉末，二人将药粉涂抹全身，他们立即恢复如初。

《道德经》抄写完成后，老子说道："需要删除文中的废话，只需要留五千字就够了。"等到《道德经》删减完成，两人也不知所终了。

神珠

神珠消暑能纳凉

燕昭王坐在握日台上观察天象，握日台极高，离太阳很近。当时，有一只白头黑鸟朝燕昭王飞了过来，黑鸟衔着一枚莹润亮泽的珠子，珠子直径约有一尺。这颗珠子色泽漆黑，将它挂在室内，各类神灵都无法藏身。这颗宝珠来自阴泉水底。阴泉在寒山之北、员水之中，据说这里的水波时常旋转流动。

燕昭王有一只黑蚌，是异国所献。黑蚌能在五岳上方飞翔。黄帝时期，务成子曾经游览寒山，在高崖之上见到了黑蚌，这才知道黑蚌能飞行。燕昭王用瑶池和漳江的水清洗黑蚌，感慨道："自从有日月以来，人们已经见到黑蚌生珠八九十回了。"黑蚌每千年能生下一颗蚌珠。蚌珠会随着时间流逝变得越发细小。燕昭王时常携带蚌珠，这样即便在最热的时候，身体也会感到清凉，因此这种蚌珠也被叫作"消暑纳凉珠"。

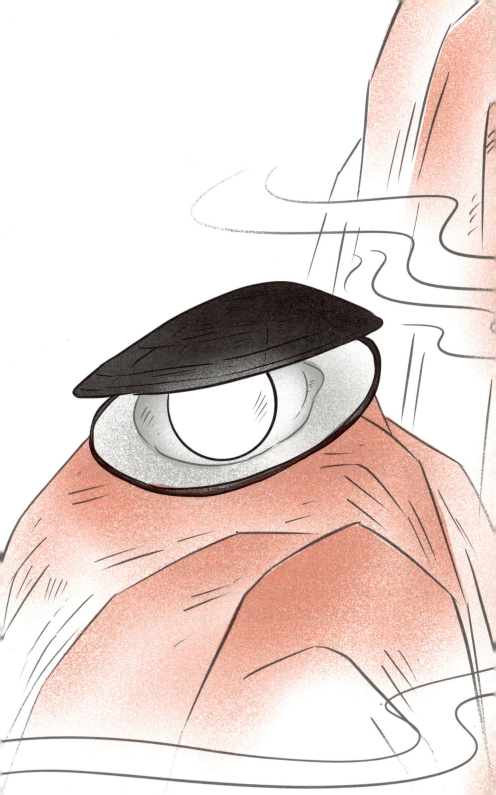

师涓

蘧伯玉劝谏灵王

师涓是卫灵公时候的人，他能够谱写列代的乐曲，擅长创作新的乐曲来代替古乐，因此他创作出了符合四季变化的乐曲，制作出了很多珍贵奇异的乐曲。

师涓创作的乐曲，表达春天的有《离鸿》《去雁》《应苹》；表达夏天的有《明晨》《焦泉》《朱华》《流金》；表达秋天的有《商风》《白云》《落叶》《吹蓬》；表达冬天的有《凝河》《流阴》《沉云》。

师涓将这些乐曲演奏给了卫灵公听，卫灵公沉湎于这些音乐之中，荒废朝政。卫灵公有一个臣子名叫蘧（qú）伯玉，他赶紧劝谏卫灵公，说道："这些音乐虽然符合四季变化的道理，但毕竟是靡靡之音，不符合传统音乐提倡的风雅，这不是臣子应该演奏给君主听的音乐。"

卫灵公认为蘧伯玉说得很有道理，立即改正了自己的行为，开始处理朝政，卫国人看到了卫灵公的转变都很高兴。师涓也很后悔自己违背了传统《雅》《颂》的精神，没有坚守为臣子的道义，便退隐了。蘧伯玉将师涓发明的乐器放在大路上烧了，唯恐这些乐器被后人仿造。

南梁学者萧绮认为：卫灵公违背了先贤的劝告，只知道奢侈享乐，但是他能听从劝告，及时改正自己的错误，就如同日蚀、月蚀一样，短暂的黑暗无损日月之光辉；蘧伯玉作为臣子，能够直言规劝君主，拥有忠诚的品格；师涓认识到自己的错误后感到后悔，做出了归隐的举动，可见他是一个懂得进退的人，也是一个仁义的臣子。卫灵公君臣三人的行为，都值得赞扬。

骞霄国

画虎点睛虎成精

秦始皇元年（前221年），骞霄国献上一个擅长雕刻、绘画的工匠，名为裔。裔口含着颜料喷向地面，地面就会出现一幅魑魅魍魉、妖魔鬼怪的图像；裔将玉雕刻成各种野兽，栩栩如生。他在每块玉兽的胸前刻上铭文，标记制作完工的日期。

裔能徒手在地上画线，每次能画百丈之长，线直得如同用绳墨画出的一般。他还能在一寸窄小的地方画出四海、五岳以及列国的地图。

裔画出的龙、凤如同会腾飞一样，他不会给龙、凤画上眼睛，如果画上了眼睛，龙、凤必然会活过来飞走。秦始皇感慨道："雕刻绘画出来的形象，怎么会飞走呢！"于是命人给两头没有画上眼睛的白玉虎点上了一只眼睛，半个月后，玉虎就消失了，不知踪迹。有生活在山中的人说："曾在山间见到了两只白色的老虎，两只老虎只有一只眼睛，它们毛色相近，结伴而行，与常见的老虎不同。"

第二年，西方地区献上了两头白虎，这两只白虎只有一只眼睛。秦始皇怀疑这两只老虎就是先前消失的白玉老虎，命人将老虎处死。查看老虎的胸口，发现胸口上有玉老虎制成的时间标记。后来，秦国灭亡，类似的宝剑、神物都遗失了。

广延国

　　燕昭王即位两年时，广延国进献了两位擅长歌舞的美女，一个名叫旋娟，一个名叫提谟。她们的容貌绝世，肌肤莹洁如玉、身姿绰约，身体散发着一阵馨香。

　　旋娟和提谟行走时看不到痕迹和影子，她们终年不吃东西，却也感觉不到饿。燕昭王为她们准备了华丽的帐幕，给她们提供玉上的露水和丹水滋养出来的谷物。

　　燕昭王登上崇霞台，会叫旋娟和提谟一同陪伴，她们的歌声婉转动人，她们的舞姿比鸾鸟更优美。燕昭王为她们设下了有麒麟纹样的坐席，坐席上散发着荃芜的芳香。荃芜是一种香料，产自波弋国，如果用荃芜浸湿地面，泥土和石头都会散发出香味；如果将荃芜附在腐朽的树木和衰败的枯草之上，树木与枯草会重获生机，变得枝繁叶茂；如果把荃芜洒在白骨之上，白骨会重新长出血肉。

　　燕昭王命人将荃芜粉铺在地面，大约四五寸厚，然后让旋娟和提谟在上面跳舞，她们身姿轻盈，在荃芜粉上跳一整天舞都不会留下痕迹。这时，一只白色的鸾鸟孤旋在空中，它的嘴中衔着一株穗谷。穗谷在空中自行生长，它的果实落到地上也会自行发芽。这些穗谷每年可以收获一百次，每根茎秆上的谷穗能装满一车，大家将这些谷穗称作"盈车嘉穗"。

座席上的图案是用各种奇珍异宝装饰而成的，这些图案有麒麟、凤凰、云霞。燕昭王挥一挥衣袖，旋娟和提谟就会停止舞蹈。燕昭王知道她们二人都是有神通之人，让她们住在了崇霞台。人们认为，燕昭王喜好神仙之术，所以天上的神女化作了旋娟、提谟来到人间。燕昭王末年时，二女不知所终，有人说她们在汉水，有人说她们在伊水、洛水。

双头鸡

双头鸡哀鸣现祸乱

汉武帝太初二年（前 103 年），大月氏进贡了一种双头鸡。这种鸡四足一尾，一个头鸣叫，另一个头也会随之鸣叫。汉武帝将双头鸡放置在甘泉宫，使其与其他鸡进行交配，但双头鸡的后代不会打鸣。

有劝谏的人说道："《诗经》（应为《尚书》）中有'牝鸡司晨'的说法，俗语也说'母鸡打鸣，是衰败的征兆'，现在雄鸡不打鸣，这非吉兆。"于是，汉武帝就将双头鸡送还了西域。双头鸡到西关时，回头对着长安宫殿哀鸣，因此民间流传了这样一首谶谣："汉代国祚二百一十年，鸡不打鸣，狗不叫，宫中荆棘交织错乱，九头老虎争夺帝位。"

后来，王莽篡位，封了九位将军，这九位将军号称九虎。

双头鸡还没送到月氏国，就飞入了天河，它的声音如同鹍（kūn）鸡，翱翔于云中。

宛渠国

宛渠人神异非常

　　秦始皇好神仙之术。当时，有宛渠国使者乘着螺舟来到秦国。螺舟如同一只大螺，在海底游走，但是水不会进入舟中，因此也被叫作"沦波舟"。宛渠国人身长十丈，以鸟兽羽毛作为衣服。秦始皇与宛渠国使者讨论天地初开时的事情，宛渠国使者了如指掌。

　　使者说道："臣年少之时踏空而行，一天可以云游一万里；现在我虽然年纪大了，但也能知道天地之外的事情。我们宛渠国在咸池（太阳洗浴的地方）九万里之外，一万年对我们来说不过就是一天。我们那里多是阴雾天气，如果遇到天气晴朗，云层裂开，天空变得和天河一样明亮，黑龙和黑凤在空中翱翔。到了夜间，燃石会发出白光。燃石出自燃山，燃山上的土石都自带光亮，轻轻敲击这些石头，石头就会碎裂如小米，一粒米大小的燃石就可以照亮一间屋子。

　　"当初炎帝用这种石头生火，教会人民食用熟食。现在我们也向您献上燃石。有人将燃石投入溪水河流之中，石头周围数十里的水流都为之沸腾，这条水流从此就被叫作焦渊。

　　"宛渠国距离轩辕之丘有十万里，当初黄帝开采首山的铜矿炼制大鼎，我看到了那里有冶炼金属的火光升起，前往查看，发现他们已经铸造好了三尊大鼎。我还见到了冀州地区有异样的王气，这是圣人降生的征兆，后来冀州出现了尧帝。我还见过红色的云进入了丰都和镐都，我前往查看，原来是有丹雀带来了周文王的祥瑞符信。"

听完这番话，秦始皇不由感慨："果真是神人。"从此对于仙术更加虔诚。

赵高

子婴梦中知杀机

秦王子婴当上秦王刚满一百天，赵高就准备谋杀他。子婴当时在望夷宫休息，夜间梦到了一个身长十丈的怪人，这人胡须和头发都是青色的，穿着玉鞋，乘着一匹红色的马来到宫门，想要求见子婴。

看守宫门的人放他入宫，子婴与其交谈，这人对子婴说道："我是上天派来的使者，来自沙丘。天下马上就要大乱，会有一个同姓之人要杀害你。"第二天醒来，子婴回想梦中情景，怀疑是赵高想要杀害他，便将赵高囚禁在了咸阳监狱中。赵高被悬挂在井中七天都没能死去，子婴又命人烹杀赵高，可是水连续烧了七天都没有沸腾，最后赵高还是被杀了。

子婴问狱吏："赵高难道是神仙吗？"狱吏回答道："刚囚禁赵高的时候，我在他怀中发现了一枚很大的青色丸子，有鸟蛋大小。"当时的方士对此做出了解释："赵高的祖先曾经跟随仙人韩终学习炼丹之术，冬天可以坐在寒冰之上，夏天可以卧在火炉之旁，感觉不到寒冷酷热。"

赵高死后，子婴命人将赵高的尸体扔在大路上，为赵高哭泣送葬的人有千户之多，但有人见到一只青色的鹊鸟从赵高的尸体中飞出，直入云霄。传说中九转神丹的神异，在赵高身上应验了。

至于子婴梦中的那位上天使者，实际上是秦始皇的灵魂，他脚上所穿的玉鞋，是当初安期生所赠予的。

鬼谷子

张仪和苏秦两个人，志向相同，一起求学，他们曾剪掉自己的头发换取钱财，维持生活，有时候也会受人雇用抄写书籍。他们非圣人的书籍不读，有一次，他们读到了《三坟》《五典》，当时是在路途中，并没有地方供他们抄写，他们便将文字写在手和大腿上，晚上回家后再誊抄下来，刻在竹简上。

张仪、苏秦经常在路上乞讨，他们剥下树皮制成书套，用以装放天下的好书。有一次，他们倚靠在一棵大树上休息，一位先生见到了他们，问道："你们两人为什么这么辛苦地读书呢？"苏秦、张仪没有直接回答，反问道："您是哪个国家的人？"这位先生回答道："我出生于归谷。"归谷也被叫作鬼谷。苏秦、张仪向先生请教学问，先生教给了他们辅佐朝政、口吐莲花的本事。先生从怀里拿出了两卷游说方面的书，书上讲述的都是顺应时势的道理。《古史考》记载，这位先生就是传说中的鬼谷子。

泥离国

泥离国通晓上古

汉惠帝二年（前193年），全国都在赞颂书同文、车同轨的制度，当时，天下太平不见刀兵，遥远的异域国度，找寻到了翻译前来长安进贡。有一个名为韩稚的道士，是韩终的后人，他越海而来，自称东海神使，听闻天子的圣德泽被天下，特意前来朝拜。远在扶桑之外的东极国，也派了使者前来，泥离国也是如此。

泥离国的人身长四尺，头上两角如同蚕茧，牙凸起在唇外。他们一生下来就有灵异的毛发遮蔽身体，居住在很深的洞穴之中，寿命未知。韩稚通晓异国语言，汉惠帝命他询问泥离国人的寿命和世代，韩稚翻译了泥离国使者的回答，说道："世道变化，生死更迭，如同飞尘细雨，我们也不知道经历了多少世代。"汉惠帝又问道："知道女娲时代的事情吗？"泥离国使者回答道："女娲人首蛇身，在她的时代，八方协调，四时和谐。当时的人从不以武力把持天下。"汉惠帝又问燧人氏时代的事迹，泥离国使者回答道："自从燧人氏钻木取火，改革饮食以来，老人更加慈爱，年轻人更加孝顺。轩辕黄帝之后，世界变得动荡，秩序不再稳当，社会风气不再淳朴，人的欲望无限放大，人们互相杀伐。"

韩稚将这番话转达给了汉惠帝，汉惠帝说道："上古的时代太过遥远了，如果不是通灵且明白事理的人是说不出这番话的。"这次翻译过后，韩稚就退隐了，没有人知道他去往了何方。为了纪念他，汉惠帝召集方士，在长安城北边修建了一个"祠韩馆"。

太公匕首

匕首炼成天子剑

汉高祖刘邦的父亲刘太公，贫贱的时候有一把佩刀，刀长三尺，刀上有字，字迹难以识别，这把刀或许是当初殷商武丁讨伐鬼方时制作的。

刘太公曾游览丰、沛二地的山林，他在寄居的深谷中发现了有人在炼金。刘太公坐在工匠身旁，问道："你这是在铸造什么东西？"工匠笑道："我在为天子铸剑，你可千万不要泄露出去！"刘太公当时还以为工匠在开玩笑，并没有多想。

铸剑工匠说道："现在我铸造的这把剑不够锋利，如果能熔入您腰上的佩刀一起冶炼，就可以铸造出一把神剑，神剑可以安定天下，召唤五星神下凡治理国家，还能歼灭三猾（项羽、陈胜、胡亥）。木德衰微，火德兴起，这就是征兆啊。"

刘太公说道："我这把佩刀锋利无比，削铁如泥。它在水中能斩断虹龙，在地上能斩杀老虎，带着这把刀，魑魅魍魉不敢靠近。"

工匠说道："如果不能用这把佩刀一起冶炼，即便是有欧冶子一样的精湛技艺，即便是用越地的磨刀石来打磨剑刃，铸造出来的也只是一把平庸的剑。"

听到这话，刘太公就解下了佩刀，将其投入火炉之中。过了一会儿，烟气升腾，火光冲天，太阳的光芒都被火光掩盖了。神剑即将铸成，工匠宰杀了三牲用以祭祀。

工匠询问刘太公是在什么时候得到佩刀的，刘太公说道："秦昭襄王时期，我在路上遇到了一个乡野之人，他在田间给了我这把佩刀，说这把佩刀是殷商时期的灵物，世代相传，佩刀上刻有铭文，铭文写的是佩刀制造出来的年月。"

神剑铸成之后，工匠将剑交给了刘太公。后来，刘太公将这把剑传给了儿子刘邦，刘邦将这把剑佩带在身上，果然消灭了三猾。后来天下安定，吕后将神剑存放在了宝库之中。守护宝库的人见宝库外白气缭绕，如同龙蛇，将异象禀告给吕后，吕后便将宝库改名为"灵金藏"。

后来吕后族人擅权，宝库外的白气也熄灭了。汉惠帝即位，将宝库用以存放禁兵，改其名为"灵金内府"。

祈沦国

汉武帝天汉二年（前99年），在渠搜国西边有一个祈沦国。这个国家风俗淳朴和平，国民能活到三百岁。祈沦国有一片寿木林，每棵树高达数千尺，日月都为之遮蔽。如果在寿木下方休息的话，就不会死亡，也不会生病。

有人翻山越海来到祈沦国，他们返回的时候怀揣了寿木的叶子，这样他们就不会老去。祈沦国人将草和动物毛发制作成丝绳，将丝绳编织成衣服，和现在的罗纨（一种精美的纺织品）一样。

潜英石

汉武帝招魂李夫人

汉武帝的宠妃李夫人去世之后，汉武帝十分思念，却再也无法相见。当时，汉武帝泛舟于昆明池，他谱了一首曲子让歌女演唱。汉武帝也唱起了《落叶哀蝉》，歌声中全是思念之意。

这天，汉武帝在延凉室休息，梦中见到李夫人给了他蘅芜香草。汉武帝从梦中惊醒，感觉蘅芜的香味还残留在衣服和枕间，香味几个月都没有消散。汉武帝更加想见到李夫人，却再没有梦见过，他涕泪交加，泪水滴落在席垫之上。于是，汉武就将延凉室改名为"遗芳梦室"。

当初，汉武帝宠爱李夫人，李夫人死后他求梦而不得，日渐憔悴，后宫不宁。汉武帝召见了一个叫李少君的方士，对他说道："我很思念李夫人，可以见一见她吗？"李少君回答道："可以远远地看一看，但不能同处于帷帐之中。"汉武帝说道："能见一面就可以了，你去安排。"

李少君说道："深海之中有一种潜英石，青色，轻如羽毛。这种石头天冷的时候是温热的，天热的时候是寒凉的。如果将这种石头雕刻成人像，它的灵性不亚于真人。这石头能传达灵魂的话语，能发出声音却没有人的气息，如果把潜英石带回来制成雕像，李夫人也就回来了。"

汉武帝问道："这种石像能得到吗？"李少君回答道："我

请求您赐给我一百艘楼船，带领一千个大力士出海，这些人还需要有浮水和爬树的本领，我会让他们学习道术，给他们不死药。"于是，李少君带着船只和众人前往深海，过了十年才返回。当年一起出海的人，有的人飞升了，有的人假死了，只有四五人成功返回。

汉武帝得到了潜英石，当即命令匠人按照李夫人的样子雕刻。雕刻完成后，石像放置在纱帐之内，一眼看去，与李夫人生时一般无二。汉武帝非常高兴，问李少君："我能靠近她吗？"李少君答道："现在的情形，就好比夜间美梦。夜间的美梦是不可以在白天出现在眼前的。潜英石带有毒性，您不能靠近。您贵为万圣至尊，千万不要被这精怪迷惑了。"于是，汉武帝不再靠近石像。

汉武帝遥看过李夫人石像之后，李少君命人将石像摧毁，炮制成丸，让汉武帝服下。此后，汉武帝不再执着于梦见李夫人。后来，汉武帝修建了筑灵梦台，每年都会祭祀她。

员峤山

员峤山上不周谷

　　员峤山，又名环丘。山上有一汪方形的湖泊，周长千里。员峤山上有许多大鹊鸟，这种鹊鸟身高一丈，嘴中衔着不周山的谷穗。这种谷穗有三丈高，谷粒晶莹饱满，如同玉石。大鹊鸟衔着谷穗飞到了中原，从此俗世里也有了这种谷穗。食用这种谷粒后，几个月都不会感到饥饿，因此《吕氏春秋》中有这样的记载："谷中最为美味的，当属产自不周山的谷。"

　　员峤山东边有一块云石，有五百里之宽，云石上纹理错杂如同锦绣。轻叩云石，云石上就会有大朵云彩涌出。山上有一棵树，名为猗桑，它结出的桑葚可以制成蜜浆。

　　山上有一种冰蚕，黑色，身长七寸。冰蚕有角和鳞片，它隐藏在霜雪下方，吐丝为茧。它吐出的蚕丝有一尺长，五种色彩。用冰蚕丝织成的锦缎浸入水中也不会被打湿，投入火中一整夜也不会燃烧。尧帝时期，海外异国进献了冰蚕锦，尧帝命人将其做成了华美的礼服。

　　员峤山西边有千里星池，星池中的石头闪闪发光，一眼望去如同群星闪烁。星池中有一只神龟。神龟有八只脚、三双眼睛，龟壳上有七星、日月、八方的图案，腹部有五岳、四海的纹样。

　　员峤山上有一种草名为芸蓬，色泽如白雪，夜晚会发出白色光芒。芸蓬每株有二丈高，可以制成拐杖。

员峤山南边有一个移池国，这个国家的人身高三尺，能活万年。移池国人用茅草制作衣服，衣服皆是宽袍大袖，飘飘洒洒仿若仙人飞升，像飞鸟展翅飞翔。移池国人都有两个瞳孔，眉毛、耳朵都很修长，他们以九天正气为食，死后会复生。他们历经亿万年岁，见证了五岳的生成和毁灭。扶桑树一万年才有一次落叶，已经足够漫长，可在移池人看来，一万年不过是朝夕之间。

　　员峤山北面有一个浣肠国，甘甜的水流环绕着这个国家，这里的水甜如蜜，水流湍急澎湃，千金重物投入水中很久才会沉没。浣肠国人常常在水上行走，也会自由来去于崇山峻岭，他们测量了天下的尺寸，每绕行八柱（支撑天空的八根柱子）一圈他们会休息一下，走过四个地轴会暂时休憩。他们周游世界，历经艰辛，是为了计算天地以来的各种劫数。这项工作漫长而艰难，很难完成。

方丈山

龙脂龙血化宝物

方丈山，也叫作峦雄山。方丈山东面有一座龙场，占地千里，这里玉石成林，紫云横空。龙场中的龙，皮、骨如同山丘一样，散落在地。当有龙要蜕骨时，这些已经蜕落的皮、骨都会产生感应，如同活过来一般。

有人说："龙常在此处战斗，龙脂、龙血如水流淌在地。黑色的龙脂沾染在草木之上，草木就会变得黑漆漆的。紫色的龙脂落在地上会凝固起来，堪称宝物。"燕昭王二年（前310年），海外人乘坐华美的大船来到燕国，献上了雕刻精美的壶，壶中盛放了数斗龙脂。

燕昭王坐在通云台（一名通霞台）上，以龙脂作为灯烛，以火浣布作为灯芯。龙脂灯点燃之后光照百里，龙脂的烟气为紫红色，燕国人见到了这缕烟气，认为这是祥瑞之光，纷纷对着烟的位置下拜。

方丈山的西面有一块照石，即便相距十里，照石也能清晰地显示出人的影子，仿若明镜。照石的碎片每一片都能照应出人像。照石体积大，却很轻盈，一丈的照石只有一两重。燕昭王命人将照石捣成泥，建造了通霞台，常与西王母在通霞台上游玩，鸾鸟、凤鸟也来到通霞台鼓乐起舞，乐声和谐动听，有神异的光亮照耀在通霞台上，如日月升起的光芒。

通霞台左右种着恒春树，恒春树叶子如同莲花，气味如同桂花，恒春花的颜色会跟随四季变化。燕昭王末年，仙人进贡了恒春树，其余国家纷纷道贺。燕昭王说道："寡人得到了恒春树，何愁不能到达太清之境啊！"恒春树还有一个名字叫作"沉生"，就是现在的沉香。

方丈山有一种濡奸（jiān，一种兰草）草，叶色青中带红，细软柔韧，海外人将濡奸草、莎罗草混合编织成席垫，这种席垫卷起来一手就可以握住，展开就可以供列国宾客入座。莎罗草细长如发，一根就有数百尺之长，质感柔软光华，散发着淡淡的芳香，仙人们将莎罗草用作龙、鹄的缰绳。

方丈山中有一方百里大小的水池，池水清浅，可涉水而过。池中的泥土色若黄金，味道刺鼻，这种泥土可以制作出各种器物。赤泥经过多次冶炼可以成为青色的金子，青金和石镜一样，可以照出鬼魅，让其无处可藏。

因霄国

因霄长啸如笙竽

汉武帝太始二年（前 95 年），西方有一个因霄国，这个国家的人都擅长长啸。男子的长啸声闻百里，女子的长啸也能传到五十里开外。他们的啸声如同笙、竽的乐声，秋冬时节清亮，春夏时节低沉。因霄国人的舌尖朝向喉内，也有人说他们上下两层舌头。他们用手慢慢地刮舌头，啸声就能传得更远。《吕氏春秋》中记载的"反舌殊乡之国"就是因霄国。因为有圣君在位，他们前来归顺。

含涂国

含涂珍奇尸不腐

汉宣帝时，含涂国献上了一些珍奇怪物。含涂国使者说道："我们国家离这里有七万里，我们那里的鸟兽都能说话。鸡和狗死后，将其埋葬，尸身不会腐坏。数代以后，我们国家的一户人家在海滨游玩，听到了地下传来鸡鸣狗叫，这家主人掘地查看，将鸡和狗救了出来带回来饲养。鸡和狗的毛发都已经脱落了，随着时间推移，它们的毛发重新长回，再次变得光润可爱。"

针神

灵芸红泪染玉壶

魏文帝喜爱的一个美人，名叫薛灵芸，是常山人。薛灵芸的父亲叫作薛邺，是酇乡亭长。她的母亲是陈氏。

薛灵芸一家人住在乡亭附近，薛家生活贫困，地位低下。夜晚，薛灵芸会和母亲以及邻里妇女一起织布，她们点燃麻和蒿草用以照明。薛灵芸十五岁时，已是冠绝天下的美人，邻里的男子时常偷看她。她的美名也传到了常山太守谷习的耳中。

当时，魏文帝正在挑选良家女子入宫为妃，谷习便以重金向薛家下聘，将薛灵芸敬献给魏文帝。薛灵芸听闻要与父母分离，泪沾衣襟。她坐车离开时，用玉壶接住泪水，玉壶变成了红色。到达京师时，玉壶中的眼泪已凝结如血。

魏文帝派出十辆精美的车子，在京师十里之外迎接薛灵芸。他看到车马仆从的煊赫声势，感慨道："俗话说'朝为行云，暮为行雨'，现在非朝非暮，也没有云雨。"于是将薛灵芸的名字改为"薛夜来"。

薛灵芸入宫后很受宠爱，但她不喜爱奢华的配饰。她的针线功夫很厉害，在暗室之中也能随心裁剪、缝制，宫中人称她为"针神"。魏文帝只穿薛灵芸缝制的衣服。

岱舆山

千里平沙色如金

　　岱舆山，又名浮析。岱舆山东边有处大水潭，名为员渊。员渊占地千里，水波沸腾，如果把金石投入其中，会熔化为泥土。初冬时节，员渊中的水会干涸枯竭，会有黄烟从潭底升起，高数丈，烟色变幻无常。

　　山内人挖掘员渊潭底，掘地数尺后挖出了一种烧焦的石头，如同竹炭。潭底下有零碎的火星，如果向其中放入火炬，能看到蓝色的火焰燃起。火炬越是往下，则火势愈盛。

　　有一种草名叫莽煌，叶子圆润如荷叶，离它十步的距离，衣服就会被灼烧。如果把莽煌编织成席垫，冬天的时候躺在上面能感觉到温暖，如果用莽煌的枝干与其摩擦，能迸发出火花。

　　岱舆山南面有千里平沙，沙色如金，看上去如同一片黄金粉屑。平沙缓缓流动，鸟兽如果在沙面上行走，足、爪会陷入其中。一阵风吹过，满地黄沙随风而起，弥漫在空中，如同金雾，也被叫作金尘。金沙如果附着在树上，树就好像涂上了一层黄金一样，金灿耀眼。如果将金沙和成泥，涂抹仙宫，仙宫也会变得更加堂皇明亮，如旭日初升。

　　岱舆山西边有鸟玉山，山上有五色石头，这些石头质地很轻，形状如同鞋子，看上去光泽可爱，如同人工制成，其中以黑色的石头为最优，群仙会使用它。

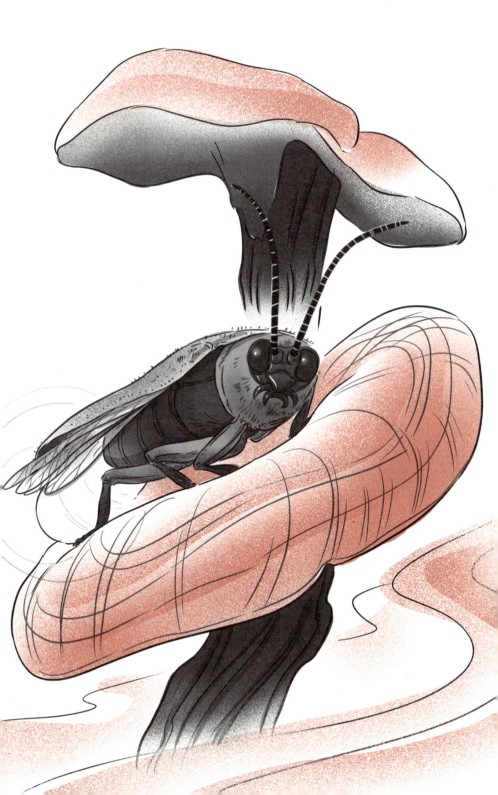

岱舆山北面有一座玉桥，长约千丈，横跨黑水。紫色的苔藓覆盖在玉桥上。紫苔味道甘美，口感柔滑，食用之后一千年都不会感到饥饿。

玉桥侧面，有缤纷灿烂的云霞和龙、凤的团。玉桥距离黑水水面千余丈，桥下云气蒸腾。黑水岸边生长着丹桂、紫桂、白桂，每一棵都耸入云霄。这些桂树可以用于制造船只，这种船只被称为"文桂之舟"。

七色灵芝生长在玉桥下方，其中一种青色的灵芝，光辉耀眼，被称作"苍芝"。桥下的萤火虫有蜜蜂大小，声音如同鹊鸟，有八扇翅膀、六只脚。玉桥上有五色蝙蝠，黄色的蝙蝠没有肠子，倒着飞行，腹部向天；青色的蝙蝠毫毛有二寸长，身体颜色如同翠玉；白色的蝙蝠脑袋很重，所以总是垂着脑袋挂在桥下；黑色的蝙蝠形似乌鸦，它如果活到一千岁，会变成小燕子的模样；红色的蝙蝠生活在洞穴之中，洞穴高耸入云，每天都能看到太阳在洞穴上升起落下。

山上有一种野兽名叫潄月，外形如同豹子，它饮用金泉之水，食用银石之精。潄月兽夜间会喷出白气，白气光华如月，能照亮周围十亩之地。据说轩辕黄帝时，曾捕获过潄月兽。

山中有一种遥香草，花朵是红色的，耀眼灼目，它的叶子细长洁白，如同萱草，花叶会散发出香味。它的香味馥郁浓厚，香飘数里，因此称它为遥香草。遥香草的果实和薏苡的果实相似，味道甘香，食用之后几个月都不会感到饥渴，身上也会散发出遥香草的芳香，长期食用这种果实，可以延年益寿。仙人时常会采食遥香果。

兰金泥

鬼魅不敢近银烛

元封元年（前110年），浮忻国进贡了一种兰金泥。兰金泥产自汤泉，汤泉在盛夏之下，水波沸腾翻滚，如同滚汤，飞鸟不能从汤泉上飞过。浮忻国人常看到有人在泉水边，将兰金泥冶炼成器物。

兰金泥稀烂如同普通泥土，颜色却如同紫磨（上等黄金）。经过反复冶炼，兰金泥会变成白色，散发银光，因此被称作"银烛"。人们将兰金泥用来封印信封、匣子、宫门，鬼魅不敢靠近它的范围。汉代时期，高级将领出征或是出使他国，都会用兰金泥来为文书封口，像卫青、张骞、苏武、傅介子等人，都使用过兰金泥。汉武帝去世之后，兰金泥也消失了。

范蠡

游宫宝井称豪富

范蠡在越国做丞相，每天能挣到千两黄金，家中擅长算术的仆人有上万人之多。范蠡收集四海之内罕见的货品，这些货品堆满了越国的都城。范蠡将这些货品制作成器物。范蠡还拥有许多铜铁，铜铁堆积如山，范蠡就将一些铜铁藏在深井壕沟之中，这些深井被称作"宝井"。

范蠡还拥有许多美人，这些美人住的房子被称为"游宫"。自古以来，没有人像范蠡一样豪富。

瀛洲

瀛洲，又名魂洲，也叫作环洲。瀛洲上时时会有一阵香风冷冷吹过，张开衣袖迎接这缕冷风，袖上的香味多年都不会消失。瀛洲东边有一个很深的洞穴，洞中有水，水中有一种斑鱼，身长千丈，鼻子长有角，时常成群地在一起嬉戏舞动。

远远看去，可以看到水面上有五色云彩，仔细一看，原来是这些斑鱼喷出的水变成了云雾。这些云雾五彩缥缈，没有任何景象可以与之媲美。

瀛洲有一棵树，名叫影木，在日光照耀下，如同天空中的恒星。影木万年才会结出果实，果皮青色，果肉黑色，食用之后人的骨骼会变得轻盈。影木枝叶繁茂如同华盖，可以供仙人们躲避风雨。

山上有一座直上云霄的金峦观，装饰着玉环。观中摆放着青玉茶几，茶几上覆盖着云纹素布。观中自有一番天地，火精悬在屋顶上方充作太阳，火精中有黑玉雕成的三足乌；水精悬在上方充作月亮，青玉制作的蟾蜍、玉兔置身其中。金峦观地下放置着机关，可以用来观测日夜交替，月亮盈亏。

瀛洲有一兽类，名为嗅石，它形貌如同麒麟，不吃生食，不饮浊水，它只要嗅一嗅石头就可以知道其中有没有金玉。嗅石用力一吹，石头就会裂开，石中黄金宝玉熠熠生辉，嗅石以此为食。

瀛洲有一种草，名为芸苗，形状如同菖蒲，它的叶子能醉人，它的根茎可以解醉。有一种鸟，形状如同凤鸟，身体青色、翅膀红色，名为藏珠，藏珠鸟每次飞行鸣叫都会吐出许多斛珠子。这种珠子轻盈，在太阳下闪闪发光，仙人们用这种珠子装饰衣裳。